サヤン、シンガポール

アルフィアン短編集

アルフィアン・サアット 著

幸節みゆき 訳

アジア文学館

段々社

装幀　今井明子
カバー写真　Nguan

編集を手伝ってくれたジェイソン、表紙をデザインしてくれたヒーマン、そして僕のそばにいてくれた友人たちのキン・セン、ショーン、スタンリー、ティモシー、シャロン、バン・ティーン、ケネス、ムーサ、アルカ、ジェフリーに、感謝を込めて

サヤン、シンガポール
アルフィアン短編集

Contents

Corridor

母親：この国、良くない。国民、良くない。わたし、食べ物売る時、バッジ付ける。ニコニコしろ。わたし、ニコニコするよ。ウッドブリッジ精神病院行く。ポスター貼ってある。ニコニコしろ。わたし、ニコニコするよ。ウッドブリッジの先生に会う。何割治って、何割治らない、言う。先生、ニコニコ。わたし、ニコニコ。ソーシャル・ワーカーに会う。何割薬を二、三か月だけ飲んだらいい、何割ずっと飲まないといけない、言う。娘が狂ってたら、母親の何割狂ってる、言う。彼女、ニコニコ。わたし、ニコニコ。わたし、家帰る。鏡見る。ニコニコする。わたし、声出して笑えない。泣けない。ニコニコすることしか知らないから。ニコニコすることしか知らない。

ハレシュ・シャルマ

（『中心を外れて』から）

課　題

Project

サリムはまたトイレに行きたくなった。くそっ、コカコーラのせいだ、それにフライ。食べるほど喉が渇いた。それにエアコン。それに友達。彼を笑わせてばかりいる。歴史の課題を期日までに終わらせられそうもない。前回この課題のためにＹＭＣＡのマクドナルドで会った時は、やっとのことで表紙にどのフォントを使うかを決めただけだった。

「悪いね、また満タン」

「エエーッ」とウェイ・チェンが言った。「またぁ？」

「そうなの、そうなの、ちょっとごめん……」サリムは友達の膝とテーブルの間を通って行った。彼自身を含めて四人だった。みんな同級生だ。ウェイ・チェンにエスターにマーク。ちょっとした徒党なのだ。マークはずっとエスターに気があるのだが、彼女の方は彼を単なる友達のように扱っていた。親密度といってもせいぜい、彼女が彼のことを「私のオニイサマ」と呼んで、丸々三週間かかって自分で編んだ友情バンドをあげた程度のものだ。ウェイ・チェンとサリムとは小学校以来の仲良しだ。母親同士も知り合いだった。

サリムはトイレのドアを押し開けようとしたが、ドアの固定された側を押していることに気がついた。誰も見ていなかったことを願いながら、さり気なく半身で正しい側を押した。個室に入る前に鏡に映った自分をちらと見て、前髪の手直しは後でしようと思った。ちょっと水で濡らせばすむ。

トイレは狭かった。男子用便器と個室と洗面台と鏡が一つずつあるだけだった。壁に取り付けられた埃だらけの換気扇が上の方で唸っていた。クモの巣が張っていた。個室の中で小便をしている間、サリムは壁を見ていた。ブラシと洗浄液とで変色したところがあった。それでも落書きはいくつか残っていた。新しいか、消せなかったかだ。〈ＰＡＰ……カネ・カネ・カネ〔ＰＡＰはPeople's Action Partyの略称で支配政党の人民行動党を指す。一九六五年の独立以来経済発展至上主義により現在の繁栄を築いた。一方、規制・管理を厳しくし、様々なことに罰金を科して取り締まるという側面があり、Pay and Payと言われることがある〕〉というのや、赤いマジックで〈煙草吸う奴くそったれ！　吸えなきゃ死ぬなら死んじまえ！〉というのがあった。ポケットベル・ナンバー〔携帯電話出現以前のこと〕付で〈ヤルのもスウのもタダ。エィドリアンまで〉と売り込んでいるのもあった。こういうのはいたずらなのか、それともそんなふうに自分をトイレの壁にべたべた張りつける人たちが本当にいるのかと、常日頃サリムは不思議に思っていた。こういう人たちは楽しまなくちゃいけない、と彼は思った。もっとたくさんの女の子と付き合う必要があるんだ。彼らは確かに助けを必要としてるんだ。

サリムは個室を出て手を洗おうと洗面台に向かった。鏡に映った自分を見て、頭を右に左に動かし、もみあげの状態をチェックした。うん、左右均等になっている、と彼は思った。それから濡らした親指と人差し指とで前髪を少し逆毛立てて右に引っ張った。中国系の少年が入ってきて、突然立ち止まり、サリムが身繕いをしているところを見たのは、その時だった。

サリムはむっとして髪を整えるのを止め、目やにの乾いたのを掻き取る振りをした。少年はただそこに立ってじっと彼を見ていた。十代の初め頃に見え、ぽっちゃりしていたが、彼の目の中の何かがおそらくもっと年齢が低いことを物語っているようにサリムには思えた。サリムは向きを変えると、少年から顔をそむけてドアに向かった。

少年は意地でも動かないかのようにドアに凭れていた。サリムはまだ彼を見ずに言った。

「ごめん」

少年はほとんどすねたような仕草で腕を組んだ。首を横に振った。とうとうサリムは後ろにさがって彼を見た。

少年は〈健康を選べ〉という文言を印刷した暗いブルーのTシャツを着ていた。カーキ色の短パンを穿いていた。

「ここにいてよ」、少年は言った。その声は不明瞭で、右の太腿を落ち着かなく左右に揺すっていた。

サリムは聞かなかったふりをした。ドアの取っ手に手を伸ばしかけたが、少年がそれを遮った。

「待っててよ。ちょっとシーシーする間。ねぇ、待ってて」少年は哀願するような表情をした。

「通してくれない？」

「ダメ」少年の顔が歪んで、下唇が突き出た。「とにかくここにいて。怖いんだよ」

サリムはいらいらしてきた。わざと壁にバタンと当たるように個室のドアを押し開けた。

少年の方を見た。

「何を怖がってんだよ。中になんにもいないよ。なんにも。お化けも。中になんにもいない」

少年はかぶりを振った。今度はもっと激しく。「待っててよ」切羽つまった感じだった。発音が不明瞭だった。

「僕、行かなきゃ。友達が待ってるんだ」サリムは冷静だという印象を少年に与えようとした。

「ちょっと待ってよ。ちょっとだけだよ」少年は短パンのジッパーを下ろしかけていた。少年の白い木綿のブリーフがサリムの目に入った。

サリムは体重のありそうな少年の左肩を掴んで押しのけようとした。少年は抵抗した。突然、サリムは少年のペニスを見たくないと思った。少年は中国系で、皮がついたままなのだ。汗臭くもあった。サリムはもっと強く押し、少年はついに押しのけられた。

サリムは少年の方を振り向いた。「何もいないよ。入れよ」

少年はサリムをじっと見た。少年が一瞬ぶるっと身を震わせ、その短パンの前の部分に黒い染みが広がり左の太腿に小便が垂れてゆくのが見えた。それを見て衝撃を受けたサリムに、あの感覚が、海の潮の流れが自分のまわりに寄せる中で独り立っていた時両脚を包んだ小便の温かさが、蘇った。

「待ってててって頼んだじゃない」少年はひくひくしゃくり泣いていた。

サリムは少年を後にしてドアの正しい側を引いた。少年はサリムに道を開け、洗面台へ向かうと水をすくって太腿を洗った。手の甲で顔を拭ってもいた。席に戻ると、サリムはみんなに向かってにっと笑い、「どこまでやったの?」と尋ねた。

「ほーんと、バッカ、あの女」受話器の向こうでウェイ・チェンの声がして、その後方にウェイ・チェンの父親がカラオケをやっているのが聞こえた。

「そうだよ」とサリムは応えた。彼は自分の部屋にいてコードレス電話で話していた。コンピューターは電源が入っていたが、この二十分触っていなかった。

「あそこまで子供を叩くなんてね。でもあの男の子、ちょっと〈チャオ・ヤン〉でしょ」

サリムは反論しようと思ったが、抑えた。そのことについて一番の親友と話すのはまたにすればいい。チャオ・ヤンというのは学習障碍児のための学校の名前だった。二人はフランス語を習っている語学センターへ行く途中、よくその前を通るのだ。ウェイ・チェンが〈学習障碍〉はフランス語で何というのかとサリムに訊いたこともあった。

「ホント、ひどいわよ」、ウェイ・チェンは続けた。「バッカよね、あの女。おもらししただけじゃない。店に行って、新しいパンツを買えばすむことでしょ。何であそこまでぶたなきゃいけないのよ。彼女の顔見た？　真っ赤よ。誰も止めようとしないのももっともよ」

「ちょっと」とサリムが遮った。「課題はどうなってる？」

「あのままよ。心配することないわ。締め切りには間に合うわよ。最悪でも、一日、二日延ばしてもらえばいいわ」

「わかった……ウェイ・チェン？」

「何？」

突然世界が静けさを増したみたいだった。コンピューターの唸りがありがたかった。

「僕、悪い人間だと思う？」

「なんで？　なんで私にそんなこと訊くのよ」

「悪人は目を開けたまま死ぬって聞いたことがあるから」

「エーッ？　そんなの見たことないわよ。つまりこの世界は善人ばかりってわけでしょ」

「わからない。僕は悪……」

「違う、違うわよ」

「どうして」

「私の友達だからじゃない！」

サリムは受話器に頬を押しつけてなんとか〈切〉ボタンを押した。

説明、というか言い訳は、またにすればいい。もうコンピューターゲームをする気を無くして、彼は窓の方へ移動した。窓の鉄柵に顔を押しつけると頬に食い込んで冷たかった。風と通りを行く車の音に向かって彼は目を閉じた。

突然、海が恋しくなり、一年浜辺に行っていないことに気がついた。一瞬考えると、それが蘇ってきた。この前イースト・コースト・ビーチで泳いだ時、溺れそうになったのだった。

彼が水の中で手足をばたばたさせているのを中国系の男の人が見て、岸へ連れ戻してくれた。海水を吐き出して大きく息を吐くまで、胸を押し続けてくれた。サリムはその男の人の顔を覚えていた。眉間に皺を寄せていた。祈っている人たちがよくするようにだ。金鎖を身につけていたことを思い出した。息を吹き返した時、サリムの目は大きく見開かれていて、カジュアリーナの木の頂と、男の人の頭で欠けた太陽の端っこと、目のくらむような青い空とを眺めていた。

その日のことは誰にも話していなかった。

サリムは電話に手を伸ばすと、ウェイ・チェンの番号を押した。丸々一分、さらにもう一分、呼び出し音が鳴ったが、その時には彼は受話器を握り締めていた。部屋の中を歩き回りながら、尻のあたりが緊張してくるのを感じた。

「ウェイ・チェン」彼は受話器に向かって呟いた。声は切迫したものになった。「あれは僕だったんだ。僕だよ。出てくれ。お願い」

ビデオ

Video

あの土壇場になっての異変がなければ、マイモンはハジャ・マイモン・ビンテ・プティ〔ハジャはメッカへの巡礼を済ませた女性に付ける尊称。男性はハジ〕になっていただろう。居間に座って一人娘や親戚の者たちや近所の人たちにも、こまごまとした土産を渡せていただろう。メッカの土産をあのザイナブにまでやっただろう。ザイナブは、マイモンの夫が再婚だという話をかつて広めた女だ。まるでそれが恥ずべきことであるかのようにだ。ザイナブにどれでも気に入ったタスビ――玉が三十三個連なったイスラムの数珠――でも、カーバ神殿の絵柄の祈祷用絨毯でも選ばせてやっただろう。聖なる井戸の水をペットボトルに入れて持ち帰り、友達の孫らに分けてやっただろう。心が清らかになり知識の光で輝くようになるから試験の前に飲みなさいと勧めていただろう。

あの土壇場での異変は無論雨がもたらしたに決まっている。ガラスやコンクリートの壁を打つ音にマイモンは眠りを破られた。いつまでたっても慣れることのできない音だ。彼女にとって一番最初の雨の記憶は、トタン屋根を打つ雨滴の音だからだ。「雨よ」と彼女は眠っている夫のアブ・バカールに言って、寝床から出ると窓をしっかりと閉めた。台所の陶製タイルは足に冷たく、雨が霧状になって吹き込まれたところは濡れていた。外では、まるで何者かの到着を歓迎するかのように、木々が不気味に揺れていた。寝床へ戻って来たマイモンは不機嫌でぶつぶつ文句を言っていた。「あんたも起きて手伝ってくれたっていいじゃないの」一分後、夫が手伝えるわけがないことにマイモンは気がついた。外壁を打つ雨の音が彼女のすすり泣きを掻き消していた。彼は息をしていなかった。

葬式は慎ましいものだった。戸口にサンダルと靴が集まり、親戚の女たちは、防虫剤の臭うタンスから死などの特別な機会にだけ取り出してくるヘッドスカーフを被り、男たちは共用廊下で手すりに寄りかかって煙草を吸っていた。不思議なことに、泣きながらもマイモンは一度たりとも夫のことを考えなかった。彼女の頭の中にあったのはあの雨だけだった。なぜ夫が死にかけていたちょうどその時にやってきたのだろう。なぜ自分を夫の傍から離れさせたのだろう。夫の最期の瞬間に傍にいて、手を握り神様のことを考えるようにと言い、夫の祈りの言葉を引き取って終えるべきだったのだ。これから毎日自分は夫のために祈るということを知ってほしかった。あの雨は悪意に満ちていた。窓という窓に押し寄せ、彼女の家を闇に引きずり込んだ。マイモンが夫の逝ったことを知ったのは、蛍光灯を点けたのに眩しそうにしなかった時だった。あの光景を彼女は残りの人生ずっと背負っていくことだろう。

アブ・バカールは勤め先のデパートで知り合った女の子と十八の時に結婚したのだった。結婚式では七回お色直しをした。花嫁はキモノも着たし、花婿はアラブの族長みたいないでたちもした。一ドル紙幣ばかりでできた青い白鳥〔現在は流通していない青っぽい一ドル紙幣で白鳥を形作ったもの〕ももらった。結婚式の壇上で一番覚えているのはピンクのサテン地だった。というのは、彼はピンクが嫌いだったが、花嫁の母親がピンクがいいと言ったからだった。二年後、二人は離婚していた。

それから後、アブ・バカールは色んな仕事をした。しばらく洗車の最終工程でフロントガラスを磨いていたこともあったし、自動車修理工場で修理工をしていたこともあった。毎日爪の間を油だらけにして帰宅したものだった。五年後、彼の母親は、再婚してもいい頃だと考えた。いとこを通して、アブ・バカールより二つ年上の人を見つけた。その女性はその時近くのスーパーで商品陳列係をしていた。名前はマイモンといった。

アブ・バカールが新しい妻に言ったのはこれだけで、四十四年の結婚生活で彼女が知っていたのはこれだけだった。

葬式から一週間後、ジャミラは母親のうちを訪れた。彼女は二十六でアザールとの結婚に漕ぎ着けた時、チョア・チュ・カンのアパートを出ていた。アザールはジャミラより五つ上で、郵便局に勤めていた。アザールに親はなかった。両親は三年前に一日違いで相前後して亡くなっていた。「シンガポール郵便家族の日」にはジャミラの両親に来てもらったこともあった。子供がなかったので、家族の日は姻戚の者で間に合わせた。うちを出てから、ジャミラは月に二回ぐらい親元を訪ねた。コミュニティ・センターのエアロビクス仲間の中心メンバーとして忙しかったせいもある。毎週金曜日にはジョギングなどの催しをしなければならないし、パダン広場での、首相まで出て来るシンガポール大運動会みたいな大イベントには、人集めをしなければならないのだ。それに娘が親元を訪れる時はたいてい子供を連れて行くことになっているからというせいもあった。

「こんにちは」とジャミラは戸口で挨拶した。それに応えて戸を開けたのはマイモンだった。これからは戸を開けてくれるのはいつもマイモンなのだと彼女は思った。

「お祈りを終わったところだよ」とマイモンは言った。ここで、いつもならジャミラは父親は眠っているのかと尋ね、父さんは眠ってばかりだと母親が愚痴るはずだった。でも今では沈黙があるばかりだった。

「これ買ってきたわ」とジャミラ。「電車から降りたら匂いがしたの。結構高かった、一キロ十ドル。おいしいはずよ」ジャミラは袋入りの栗をマイモンに手渡した。それから食卓に座った。横には彼女が母親にゲイラン〔マレー系住民が多い都心の地区〕で買って来てやった造花の入った花瓶があった。

「整理してるのね」、ジャミラが言った。

「あげてしまうものがいろいろあるんだよ」とマイモンが答えた。

「例の切符はどうするの?」ジャミラは両親が行くべく予約してあった巡礼用の二枚の切符のことを言っているのだ。二か月したら行っていたはずだった。

「代理店は代わりに行く人を見つけたって。近頃じゃ巡礼に行きたい人が一杯いるみたい」

「少なくとも切符は無駄にならないのね」

「知ってるかい、巡礼の準備講座で教わったんだけど、巡礼中に死んだら真っ直ぐ天国に行くんだって」

「知ってるわ」

「でも、しょうがないよね。神様の思し召しだもの」

「すべては神の御手の中に」とジャミラが言った。それから続けた。「神様は父さんのことを、私たちが愛している以上に愛しておられるのよ」ジャミラはその言葉を誰かから聞いたのだったが、今がそれを使うのにふさわしい時だと考えた。マイモンはびくっとした。なぜかその言葉を「私たちは十分に彼を愛してはいなかった」というふうに聞いたからだ。造花の一本――紫のやつ――の花びらに触ってから、ジャミラはまた言った。「母さん、ソムおばさんのこと覚えてる?」

忘れるわけがない、とマイモンは思った。あの女は夫の最初の奥さんなのだ。

「なんで?」

「よろしく、って」

「会ったのかい?」

「昨日ホウガンの市場で」

「何て言ってた?」

「亡くなったって聞いたって。それで、よろしく、って」

「それだけ?」

「それだけ」

突然ジャミラは、神の愛についてのあの言葉はソムから盗用したことを思い出した。しかしそのことは言わずにおいた。

夫の死後、マイモンはずっとこのソムという女のことを考えてきた。人生が自分を欺いたといえる二つのことがある、と彼女は思った。一つは間の悪い時にやってきたあの雨。二つ目はソムだ。アブ・バカールを失った悲しみをかつて妻であったもう一人の女と分かち合うと思うと、我慢がならなかった。最初の妻と別れさえしなければ、アブ・バカールはもう少し長生きしただろうと、その女は信じているかもしれないのだ。神様は一人の妻しかお許しにならないとしたら、アブ・バカールは天国でどちらの妻と一緒にいたいと言うだろうか、と彼女は思った。

「見てよ、これ。準備できてたんだよ」マイモンは床に広げたスーツケースを指差した。表紙にアラビア語が書かれた本も何冊かあった。巡礼装束用の白い布もたくさんあった。

「父さんはこれ全部詰めて、おまえの荷造りはいつやるのだと訊いたんだよ。張り切ってた。長くはないことを知ってたんだと思う」とマイモンは言った。

「いろいろ計画してたのよ」ジャミラが言った。

「メッカに行ってしたいことの一つは、あんたたちのためにお祈りすることだと言ってた。母さんたち、あんたとアザールのためにお祈りしたかったんだよ。ずっと子供を欲しがってるのを知ってるから。努力してて。メッカでは、お祈りをして心が清かったら、お祈りが聞き入れられるんだよ」

ジャミラは母親から顔をそむけて、スーツケースの中の物を調べた。彼女の中である一語が瘤になり、顔をしかめた。うんざりだ。電気剃刀、携帯アイロン、湯を沸かすための電気コイルさえあった。箱が一つあって、何だろうとジャミラは開けてみた。クッション・シートから中身を取り出した。

「母さん、これ、父さん買ったの?」ビデオカメラを掲げてジャミラは言った。

「そう。なんで?」

「そんなお金どこにあったの?」

「お金を貯めてる人だったんだよ。スナックやお菓子にお金を使わない人だった」

「これいくら?」

「九百ドルかな。欲しければあげるよ」

「わぁ……」ジャミラはあれこれボタンを押してみた。「電池が入ってる。ここから母さんが見えるわよ」ジャミラはファインダーを覗いて母親の青みがかったミニチュア像を見た。

「何か言ってみて、母さん」

「嫌だよ。しまいなさい」

「何か言ってよ、母さん、照れないで」

「欲しかったら持ってお行き。面白がってここで回さないで」

「笑って！」

マイモンは手を伸ばすとビデオカメラを娘の手から取った。彼女は台所へ行くとそれを食卓の上のバナナの入った籠の横に置いた。そして居間に戻って来た。

「父さんがそれを買った時、ほんとにショックだったんだよ。そんなものに九百ドル！気でも違ったのかって言ったよ。でも父さんときたら、笑い飛ばすだけだった。そいでストラップを取り出して、カメラに付けたんだよ。そいつを自分の肩に掛けて、居間を歩き回った。ラクダに乗る時落とすといけないから、ストラップを付けて使うのが肝心だって言って。ラクダの話なんかして！」

「面白い人だったわね、母さん。父さんはいつだって面白かった」ジャミラが言った。

だがマイモンは言った、「あんたの父さんは夢見る夢男さんだった」

アザールが仕事から帰ったのは夕方だった。居間に入ると、妻は栗を食べながらテレビでピラミッド・ゲーム〔アメリカのクイズ・ショー〕を見ているところだった。

「お母さんのとこへ行ってきたのかい？」アザールが尋ねた。「どうしてた？」

「元気よ」ジャミラは答えた。

「そりゃよかった」

ジャミラは皮をむいた栗の入った鉢を夫に渡した。

「ビデオカメラ持ってたわ」

「なんでまた？」

「父さんが巡礼旅行のために買ったのよ」

アザールはテレビの画面に目をやって、口の中でゆっくりと栗を噛んだ。

「新しい司会者、前のよりいいかい？」アザールが訊いた。

「悪くないわ」

「前の奴はカメラの前で緊張してるみたいだった。でも、今度のはマシみたいだね」

「あのね、カメラ、欲しけりゃ持ってってていいって、母さん言ってた。手放したいんだって」

「欲しいのかい？」

「わかんない。高いし」

「ビデオカメラで何したいんだい。映画を撮って、アメリカの『とびきり愉快なホームビデオ』に送る？　君がエアロビクスをやってるやつも送る？」

ジャミラは粟を入れた鉢に目を落とした。「ビデオカメラ持ってる友達がいるわ」

「でもジャミラ、一体何のために要るんだい。君の友達、何に使ってるんだ？」

「誕生日のパーティとか休暇の時とか。前にこういう宣伝を見たことがあるわ。ビデオカメラがあれば、赤ん坊が初めて喋った時とか歩いた時、撮っておけるって。ビデオで色んな初めてのことを撮っておけるわ」

アザールはもう一度テレビの画面に目をやって、寝室へ入って行った。行ってしまう前に彼は言った、「どれも同じだよ、こういう司会者って。今度の奴だって前のと変わりゃしない。くだらんショーだ。お前、なんでいつも見てるんだ。誰が勝つか見たいんだろ？　それでどうだっていうんだ。時間の無駄だ！」

あくる日、ジャミラは再び母親のうちを訪れた。マイモンは戸を開けると、「ちょうどあんたのことを考えてたとこなんだよ」と言った。

「何を考えてたの？」ジャミラは訊いた。

「とにかく入って」

ジャミラは自分がかつて住んでいた家に入ると、もうスーツケース類が散らかっていないのに気がついた。実際、家の中は片付いていて何も変わっていないように見え、彼女は住んでいる人間が半分になったことを自分に思い出させなければならなかった。肘掛けが木でできていて茶色のビロードみたいな布張りのソファがまだあった。テレビには白いレース編みのカバーがまだ掛かっていたし、壁には両親がマラッカの露天市場で買った二枚の白い皿――アラビア語で一枚には〈アラー〉、もう一枚には〈ムハマッド〉とあった――が掛かっていた。二つの振り子の下がった鳩時計がテレビの上の方に掛かっていた。床のリノリュームの隅々に汚れがあった。子供の頃、ジャミラはこういうねばねばの固まった汚れを掻き落とすのが好きだった。

「これ見て」とマイモンはビデオカメラを渡した。

「なんで?」

「その赤い光、何?」

「ええっと、これは……母さん、説明書ある?」

マイモンは日本語版、スペイン語版、英語版の載った説明書を娘に渡した。

「ああ」とジャミラは説明書を読んで言った。「電池がなくなりかけてるのよ。昨日から付けっ放しにしてたの?」

「ダメになってしまった?」

「わからない。大型カセット・コンバータある、母さん?」

「何のこと? 私知らないよ。なんでもあんたにあげるから、欲しいもの持ってお行き」

「うん」

半時間ほど説明書を読み、ビデオカメラをあれこれいじって、ジャミラはやっと使い方がわかったように思った。母親が台所を掃除している間、ジャミラはテレビの下の棚に置いてあるプレーヤーにビデオカセットを差し込んだ。

「嫌だよ。しまいなさい」

「何か言ってよ、母さん、照れないで」

「欲しかったら持ってお行き。面白がってここで回さないで」

「笑って！」

自分の声が聞こえてきたのでマイモンは居間へ来てみると、テレビの画面に自分の顔が映っていた。葬式の間、死を呼び戻すという迷信から壁に掛かった鏡はみんな裏返しにしてあったが、それを元に戻す必要を感じていなかった。一週間ぶりにマイモンは自分の白髪に目を留めると、悲しみで一層皺が増えていて、自分の顔が眩しいほどの夫の思い出に痛めつけられて旱魃の風景みたいだと思った。次に画面は居間から台所へふらふらと移って行った。食卓の高さから映していた――ミロの缶やケチャップの瓶の並んだ台所の戸棚にコンロの上の中華鍋とアルミのやかん。画面は長い間静止していたので、ジャミラは手を伸ばして早送りボタンを押した。

ほどなく一人の人物がフレームの中に入ってきたので、ジャミラは早送りボタンを押す指の力を緩めた。その人物はマッチを取り出して、コンロに火を点けた。のろのろと鍋を火にかける。片手を使って、戸棚の中のピンクのタオルの上に置いてあったお玉杓子で鍋の中のものを掻き混ぜる。もう片方の手は、腰に当てている。それから突然、その人物は掻き混ぜるのを止めて両手で顔を覆った。ビデオカメラはすすり泣きのような音声をとらえた。それからその人物は丈の長いブラウスの前の部分を顔まで引っ張り上げたので、後ろ姿の腰から下が見えた。それから掻き混ぜ続けた。今度はもっと速く。

ジャミラが振り返って母親を見ると、彼女は顔をしかめていた。

「それ、私だよ」とマイモンは言った。彼女は痩せた右手で肘掛けを掴んで、ソファの端に凭れかかっていた。

「そうね」

「ジャミラ、一つ頼みがあるんだけど」

「何?」

「今日はあんまり早く帰ってしまわないで。カメラの使い方教えておくれよ。それからビデオプレーヤーのも。教えてほしいんだよ」

ジャミラが母親の家を出た時は既に暗くなっていた。あんまりしょっちゅう母親を訪ねないようにしようと彼女は心に決めた。ビデオカメラをうちに持って帰れないことを残念に思いもした。しかし、焼き栗の香りが漂ってくると、彼女は全部忘れてしまった。中国系の男のしわがれ声がそれを一キロ十ドルで売り歩いていた。

ジャミラが母親を訪問してから一か月経っていた。その間、彼女はエアロビクス仲間のために持ち寄り食事会をしようと忙しかった。三キロ減量することにも成功した。

アザールはまだ郵便局に勤めており、「勤続十年記念」のデジタル目覚まし付き計算機などといったお土産を時々持って帰って来た。彼がジャミラにそれを見せると、彼女は「うん、次にハネムーンに行く時に使えるわ」と言った。無論、いつものことながらアザールはそれに何とも答えなかった。

その月の間、ジャミラはピラミッド・ゲームを毎回欠かさずに観た。勝った人が賞金を分けてくれるわけじゃなしとアザールが言ったにもかかわらずだ。また、ジャミラは毎晩アザールを前の晩より愛そうと努めもしたが、止めてしまう晩もあった。ベッドの自分たちをビデオで撮って、どこが間違っているのか観てみたらどうだろうと思い始めたのはその頃だった。それが頭を過ぎって、行為を突然止めざるをえない夜もあった。彼女はアザールの両肩を掴んで言った。「アザール、このままじゃだめだわ。明日、お医者さんに行く」

ジャミラがエアロビクス会員リストの中の名前をチェックしていると、電話が鳴った。エアロビクス仲間の誰かだろうと思ったが、マイモンだった。

「ミラー、今度はいつ来るんだい？」

「来て欲しいの？」

「訊いてみただけ。もうひと月になるよ」

「今日、あとで行くわ」

「見せたいものがあるんだよ」

午後、ジャミラは電車に乗ってチョア・チュ・カンへ行った。電車の中で周りを見回した。息子を横に座らせたインド系の女の人がいた。男の子は頭を母親に凭れさせ口を少し開けて眠っていた。

ジャミラが母親の家で落ち着くと、マイモンは彼女をソファに座らせ、ローズ・シロップを入れたコップを運んできた。それからビデオカメラとカセットテープとを持って来て、テープをプレーヤーに差し込んだ。

「このところこれで遊んでたんだよ」マイモンはジャミラに言った。

「私のお母さんが映画監督か。マレーシアへ行って映画を制作するわけね。ユソフ・ハスラム〔マレーシアの映画俳優兼制作者〕みたいに」

「違うよ、私の撮ったの観て。とにかく観てよ」

テレビの画面がちらちらして、それから居間を映し出した。車の音以外に音声はなかった。花を入れた花瓶が画面に映し出された。三年前、ハリ・ラヤ〔イスラム暦十月、新月の出現とともに始まる断食月の終わりに行われる祭り〕の時ジャミラが母親に買ってやった紫色の花だ。埃だらけで香りもなかったが、色褪せてはいなかった。カメラが移動して、ジャミラは今自分が座っているソファを認めた。誰も座っていなかった。

「母さん、何もすることがなかったの?」ジャミラが尋ねた。

マイモンは独りで微笑んでいた。

「前に父さんが身分証明書を無くしたことがあっただろ。家中探したんだけど、見つからなかった。でも、あんたがクッションの後ろに見つけてくれたんだよね。うちで何かが無くなると、たいていあんたが見つけてくれる。父さんはあんたは目が大きいからだって言ったもんだ」

画面が移動して以前のジャミラの部屋を映し出した。蝶番《ちょうつが》いが一つ壊れてヤシの繊維で繋いである戸棚があった。次に手が一つ現れると、戸を開けて内側に貼ったクリフ・リチャードとトム・ジョーンズの黄ばんだ雑誌の切り抜きポスターを見せた。次にカメラはベッドを、その次にベッドの脚の一つを映して見せた。新聞の切れ端を小さく折り畳んだのが噛ませてあった。

「父さんはあんたが可愛かったんだよ。いつかの籤引き券のこと覚えてるだろ？　父さんはいつでもあんたの名前を書いたんだよ。あんたがまだ三つでも。ジャミラ・ビンテ・アブ・バカール。あんたは幸運を運んで来るんだって。あんたが文字が書けるようになると、父さんはあんたに書き入れさせたんだよ。そのせいで、あんたはいつも出生証明書のナンバーを覚えてた」

画面は次に台所に移動し、しばらくの間食卓を映したままでいた。

「あんたが小さい頃、食卓の上に座らせたもんだった。その頃はまだ重くなかったし、あんたは食卓カバーで遊ぶのが好きだった。傘みたいに開けたり閉じたりしてた。この食卓で食べさせた。でも私たちが傍を離れると、あんたは泣き出した。自分で降りられなかったから」

ジャミラは自分の体を意識し、もう一度あの食卓の上に座りたいと思うなんて馬鹿気ていると思った。それに籤のことだって。記入したことは覚えているが、両親に幸運をもたらしたことがないのはどういうわけか。二泊三日のロンドンの休日とか高級車とか金時計とかといった賞品が約束されていたが、ああいう期待や馬鹿げた望みはどうなったのか。自分の母親は何てひどい女だとジャミラは思った。よくこんな場面を見せられるものだ。どういうつもりなのか。すべてのことが、子なしの家には思い出がないという事実を指し示している。画面の中のがらんとした家を観ていると、ジャミラにはリノリュームの床に散らかったおもちゃが見え、足音や、赤ん坊の遠い泣き声が聞こえた。彼女は母親のうちに来たことを後悔した。母親を持っていることを後悔し、母親でないことを後悔した。だがマイモンが話し出した時、ジャミラは、そんなことを考えているなんて、ひどいのは自分の方だと気がついた。

「こういうの見てると」とマイモンは言った。「父さんはここにいると思うのよ」

ジャミラは母親を見た。

「ソムのところへは行かなかった。ここにいることにしたんだよ。私の方を愛してたんだ。私たちの方を愛してたんだよ、ミラー。そうだよ」

次の場面には、床に座ってレース編みをしているマイモンがあった。窓から日の光が差し込んで、彼女の眼鏡で反射していた。鉤針が動くと、光線をとらえてきらりと光った。

「私が家事をしてる時、父さんは私を見てる。自分のことを思ってるってわかってるんだよ」

気づかぬうちにジャミラは手を伸ばして停止ボタンを押していた。画面がガーガーと音をたてた。マイモンはじっと娘を見た。

「母さん、私、もう行かなきゃ」

戸口で、マイモンはビデオカメラを娘の手に押し付けた。ジャミラは最初拒んだが、母親は執拗で譲らなかった。

ピロティを通り抜けている時、ジャミラは突然腰を下ろしたい衝動に駆られた。ベンチを見つけると、自分の横にカメラを置いた。自分はなぜビデオを途中で止めたのか思い出そうとした。

画面を観ていた時、彼女は実際には四人の人間が居間にいると感じていた。母親も娘もそれを感じていたし、その考えに背筋が寒くなった。母娘は、観ていたと同時に、まだ生まれぬ子とまだここに留まっている夫とに見られていたのだ。霊たちと一緒にいたのだった。

冷たい風が木々の間を吹き抜けていた。遠くから電車がせわしなくレールを打ちつける音が聞こえてきた。帰ろうと彼女は立ち上がったが、ビデオカメラはベンチに置いたままにした。二、三歩行ってから、彼女は振り返ると、思い出したように電源を入れた。赤い灯が点いて、カメラがジージー鳴り、ファインダーには駅の方へ歩いていくジャミラの姿があった。それは次第に小さくなっていった。

孤児たち

Orphans

「幸せだと今つくづく思えるのよ」と、ハンドルを握っているテック・ハウを見ながらカレンは言った。「言葉でそう言えるようになるまでは本当に幸せなのじゃないってことに気がついたわ。私、幸せよ。そう言うとほんとにそう感じ始めるの」

「よかったね」と道路標識から目を離さずにテックは言った。

「これみんな見て。カーラジオにしても。ＢＢＣ〔英国放送〕が入るようになってる。私に会う前にあなたが聴いていたのはこれ？　そうなの？」

「そういうこともないけど」

「ＢＢＣって何をやってるの？　歌がかかる？　それとも人の話だけ？」

「歌の時もあれば、話だけの時もある」とテック・ハウは言った。

カレンは話すのを止めて窓の外を眺めた。サイドミラーに映った自分の表情が見えた。午後のことで、高速道路を走る車の外では木々の枝の間から光が勢いよく溢れていた。空は明るい青色をして、雲ひとつなかった。

「私、考えてたんだけど」と、カレンは誰にというのでもなく突然言った。

「何を？」テック・ハウは彼女の方をちらっと見た。

「ラジオをこの局に合わせてあるのは、私が好きなのを知ってるから？　ラブソングが嫌いな男の人もいるでしょ。私のためにこの局に合わせてくれたの？」

「まあね、カレン」

「ほんとは好きじゃないけど、私が乗ってるからよね」

「そういうわけでもないけどね、歌は嫌いじゃない」

「嫌いじゃないっていうなら、何か他に好きなものがあるの？」

「何でもいいんだ。運転する時リラックスできるから聴くだけのことだよ。わかるだろ？」

「あなたの言いたいことわかるわ」とカレンは言って、３のボタンを押し、局をＢＢＣに変えた。

「学校に行ってた頃、先生がみんなにＢＢＣを聴くように言ったわ。英語がうまく話せるようになるからって。でも私、どうやったらＢＢＣに合わせられるのかわからなかったの」とカレンは言った。

「そう」

「あなたは何でも持ってる。そのことわかってる？　私はこんなふうには育ってこなかった。私のラジオは電池式だったわ。トランジスターラジオ。母は中国歌劇を聴いてた」

「僕は君と出会うまではすべてを持ってたわけじゃないよ」テック・ハウは言った。

カレンはにっこりした。彼女は嵌めた指輪に目をやり、もう数秒微笑を消さずにいることができた。目を閉じて切れ切れの木々の影が顔や手に落ちるままにしていたかった。満ち足りて両手は膝の上で組まれていた。ＢＢＣ海外放送では、エイズで死んでゆくルーマニアの子供たちのことを話していた。〈孤児院、定員超過、捨て子〉という言葉に、彼女は心が揺さぶられる思いだった。突然、彼女は、およそ行動というものからは何千マイルも隔たったところにいてアナウンサーのきびきびした語調を通してのみ苦難の声を聞くことができる人間が抱く同情を覚えた。

「ねえ、エイズの赤ちゃんを養子にするってこと、どう思う？」

「場合によりけりだね」

「場合によるって、どういう？」

「周りの人がどう思うかによる」

「あなたのご両親とか？」

「君の両親、僕らの友人、近所の人、親戚」

「他人がどう思うかが問題？」

「多分ね」

「私にはそんなこと問題じゃないわ。ああいう赤ちゃんは愛情を必要としてるのよ」

カレンがそういう話し方をするのを聞いて、テック・ハウは一瞬たじろいだ。多分、彼女が「愛情」と言った時の言い方のせいだろう。

「あの子たちは長くは生きないよ。君は長くて三年何かを愛して、死なれるのを見ていたいのかい？」

「でも、愛してくれる人がいたら、彼らももう少し長く生きるかもしれない」

「そういうことになるかもしれないし、何か他のことが起こるかもしれない」

「どんな？」

ラジオでは、ニュースは捨て子のことから株式市場に移っていた。テック・ハウは時速八〇キロで運転を続けていた。

「僕らの方が少し先に死ぬとか」テック・ハウが言った。

「気をつけてたら、そんなことはないわ」とカレンが答えた。「危険はないと思うわ、テック・ハウ。赤ちゃんからエイズがうつることはないと思う。そういうことは起こらないのよ。あの子たちはなんの罪もないのよ。なんにしろあの子たちからうつることはないわ」

「病気のことを言ってるんじゃないよ。そもそも大して見込みがないものに自分の持ってるものすべてを与えることを言ってるんだ」

「そんなことしたら、こちらが早死にしてしまうっていうの？」

「多分ね」

「それは利己的よ、テック・ハウ」スカートの皺を引っ張り伸ばしながらカレンは言った。「あなたが利己的な人だって言ってるんじゃなくて、言うことが利己的だって言ってるの。あなたは何でも持ってる。フロントガラスのステッカーを見ても、カントリークラブのが二枚にマンションのが一枚。他人と分け合うことは間違ったことじゃないわ」

テック・ハウは人の良さそうな微笑を浮かべて、一瞬カレンの方を見た。

「その話は止めにしよう。ね？　止めにしない？」

「そうしたいんだったら」

「あとで夕食をどこでするか決めた？」

「ううん」

「いいさ。あとで決めたらいい」

カレンはテック・ハウを見て微笑み返した。ラジオをラブソングを流していた局に戻し、自分が本気で話題を変えようとしていることを示した。甘い物はないかと小物入れを開けたが、道路地図帳と駐車券と櫛しか無かった。その時彼女は、自分が父親の九年乗ったダイハツではなく婚約者のＢＭＷに乗っていることに気がついた。

「ねえテック・ハウ」、のんびりと伸びをしながらカレンは訊いた。

「うん？」

「さっきあんなこと言ってごめんなさい。あなたは利己的な人なんかじゃないわ。わかってるわよね」

「気にするようなことじゃないよ」

「何もかもありがたいと思うことばかりよ。私がどんなに幸せだと思っているか、あなたに言ったかしら。幸せよ、テック・ハウ」

「君がそうなら僕も幸せだよ」

「いいえ、あなたは自分が幸せだから幸せだと思わなくちゃいけないわ。そうすればすべて意味があることになるのよ。私、いつも親が朝まだ眠っているうちに起きなくちゃいけなかったことを考えてたの。冷たいシャワーを浴びるためによ。髪が乾くのを待ちながら朝食を食べたものだった。それからＡＭシンガポールをちょっと観たわ、真面目に観てたわけじゃないけど。家の中はすごくひっそりとしていた。それから電車の駅まで歩いて行った。タクシーが通ると、手を挙げて止めそうになるのを抑えなければならなかった。電車の中ではどこかから風が来るので、どこから入って来てるのか、何でこんなに冷えるのかって思ってた。寝てしまうのが怖かった、他の人はみんな寝ていたけれど」

「乗り過ごすんじゃないかって？」

「違う。寝言を言うんじゃないかと心配だったの。寝言を言うって、小さい頃母が言ってたから。いろんなことを言って、誰かの汚い手を振りのけるみたいに泣いて肩を震わせることもあったみたい。眠ってるのに喋るなんて、変な感じがしない？　汚い言葉を言ったり、他人の悪口を言ったりするかもしれないし、おかしな表情をするかもしれない。だから私、電車で空いてる席があっても立ってたの。疲れると広告を読んだのよ。詩を読むこともあったわ。でも半分わからなかった。詩を読んだりする？」

「いや、全然読まない」テック・ハウは言った。

「あなたは車を持ってるわ」

「親父のだったんだよ、実際は」

「でも、今はあなたのものだわ。すばらしい車。すばらしい車よ、テック・ハウ。何馬力って言ってたっけ？　馬力って言うんだったわよね？」

「二〇〇〇ＣＣ」

「二〇〇〇ＣＣの車。すごいわね。乗り心地が違うわ。わかってほしいの、テック・ハウ。わたしにとっては全部がとても新しいことなの。この前壁紙を選びに行って店員がサンプルを広げた時だって、一緒にいてほしかったの。どうしていいかわからなかった。壁紙のことなんか何もわからなかったんだもの。店員は私を見てたけど、わたしは『綺麗ですね。色がどれも綺麗、夫が戻って来るの待って訊いてみます』っていうのが精一杯だった」

「夫？」テック・ハウが訊いた。

「あ、フィアンセ。フィアンセと言ったら店員がわからないかもと思ったのよ。その説明に時間をかけたくなかったし。この言葉、遣ってほしくなかった？」

「そういうわけじゃないけど、まだ夫婦じゃないから、他人にそういうのはよくないかもしれないから」

「わかったわ」

「僕の言いたいことわかるよね」

「わかってる」

「それに、フィアンセの意味くらい誰でも知ってるよ」

「多分ね」カレンは考え深げに頷いた。「ねえ、テック・ハウ」

「なんだい？」

「お手伝いさんを雇うべきよね」

「なんで？」

「私、雇ったことないもの」

「雇いたいなら」

「いつも誰かが家にいることになるでしょ？」

「そうだ」

二人はしばらく黙ったままだった。テック・ハウは右のレーンを取り続け、何台か追い越した。カレンは窓の外を眺めて、ガラスに暗い部分ができるたびに自分の顔を映してみた。

ある瞬間、黒い小さな鳥が一羽彼女の額をかすめた。

「テック・ハウ」と突然カレンは言った。

「何?」テック・ハウは答えた。

「私、幸せなの。わかる?」

「うん、わかってるよ、カレン」

「ほんとにわかってはいないと思う。この車、私、好きよ、テック・ハウ。ほんとに好きよ。私、これまで秘書をやってた。そして先週、あなたは私が退職願を書くのを手伝ってくれた。みんな私がいなくなるのを残念がってくれると思う?」

「さあ……」

「何もかも変わるのよね。私にはその資格があるのよね。私にその資格があると思う?テック・ハウ」

テック・ハウは黙ったままで目の前の全部の計器を確かめた。オイルタンクはまだ満杯。時速一〇〇キロで走っている。ラジオでは、リスナーが電話をかけてきて「男をセクシーにするのは何か」について意見を言うことになっている。

「テック・ハウ、私があなたの半分でも持ってたら、やりたいことがあるわ」とカレンが言った。

「そう?」テック・ハウは尋ねた。

「半分を慈善事業に寄付するの。私は生きていくのに大して要らないもの。車は一台あればいい。ほんとにお手伝いさんが要るかしら。私、真面目なのよ。私がお金が好きなのは寄付できるからだとずっと思ってたわ」

「とにかくお金を持ってればそれを寄付してしまうべきだって思ってるわけ?」

「慈善事業に寄付するのはいつも金持ちよ」

「そういう仕組みになってるってわけ?」

「そう思うわ」

「君はお金を手にするや乞食に五十ドル札をばら撒き始めるってわけ? これまで僕が貯めた半分を地下道のあの盲目の男にくれてやったら、奴は自分のアコーディオンに純金の縁取りができるってわけ?」

「貧しい人は貧しい人に施しをできないって言ってるんじゃないわ。金持ちなら施しをしやすいって言ってるのよ」

「カレン、君の問題点は、物事が何でも簡単にいくと考えるところだよ」

「この車を売って、小さいのに買い替えられるわ」

「その次には赤ん坊を養子にするってわけ！　僕がそんなことを考えたこともなかったって？　いい暮らしをしてたから？　君と違って、色んなものなしに暮らすのはどんなことかを知らないから？　ＢＢＣを聴けてたから？」

「大きな声出さないでくれる、テック・ハウ？」

「そのラジオ小さくしてくれよ、そしたら大声出すのを止めるさ」

「ちょっと考えついただけじゃない。ニュースのせいよ、テック・ハウ。ＢＢＣの世界ニュースのせいよ。なんで大声出すの？」

ラジオを切った時、カレンには、自分たちが二人とも長い間一言も喋らないでいることになりそうだとわかっていた。二人が話しを続けることができていたのはラジオのお蔭だった。ラジオがラブソングを流している限り、彼らは愛し合っていたのだ。テック・ハウは時々息を荒くしたが、ネクタイを緩めようとはしなかった。カレンは車内の沈黙から気持ちを逸らせようと、土曜日に高島屋の美容室でシャンプーをしてもらってさっぱりしようと決めた。カットとブローだ。他愛ないお喋りを聞きながら雑誌を読むのだ。美容師が彼女の髪にかまっている間、毛染めとコンディショナーのつんとくる匂いを吸い込むだろう。

二人がクィーンズ・タウン〔住宅開発局のアパートが林立するニュータウン〕に着いた時は既に日

が傾きかけていた。ある学校の傍を通りかかったが、そこには正門沿いに迎えの車が長い列を作っていた。バスの中継駅には、制服のシャツをズボンの上に出した男子生徒や、まるでそれが最新の流行みたいにスカートを腰高くたくし上げた女子生徒たちがいた。二人はねむの木の作り出す斑の影と街灯の長い影の上を通り過ぎて行った。暮れかかる空の下を通り過ぎて行った。カレンは窓の外を眺めて顔をしかめた。

「ここで曲がるんじゃなかったの?」彼女が訊いた。

「そうだったっけ?」テック・ハウは訊き返した。

「先に私のうちへ行くんじゃなかった?」カレンが訊いた。

「いや」

「じゃ、どこへ行くの?」

「ちょっと黙って運転させてくれない?」

二人は道を続けた。ラジオは切ってあったので、夕方のニュースを聞き逃した。カレンは丸めたティッシュを音もなくいじっていて、いつ街灯が点いたのか気がつかなかった。少しして彼女は鼻水が出始めたので、エアコンの噴き出し口を下に向けた。そしてティッシュで指を拭いた。彼のお金を他人と分かち合うために結婚したがっているとテック・ハウが思っているなんて、正しくない、と彼女は思った。彼女はこの新しく見つけた幸せを分かち合いたいだけなのだ。この幸せが納得できなかったし、それをラッフルズ・プレース〔ビジネス街〕からクィーンズ・タウンに来るまでの間に失ってしまっていたのだった。

「テック・ハウ」と突然彼女は言った。

テック・ハウは黙っていた。

「一つだけ知りたいの」

彼女の方を見ないでテック・ハウは尋ねた。「何？」

カレンは笑い出した。「ルーマニアがどこにあるかなんて、私、知らないわ。どこにあるの？　ルーマニアってどんなところ？　ルーマニアの首都がどこかあなただって知らないでしょ」

テック・ハウが一緒に笑ってくれるものと彼女は思っていた。テック・ハウが答えなかったので、彼女は額をガラスにくっつけて窓の外に目を凝らした。眩しそうに水平線を見やった。水平線はクレーンや高架道路やまだ緑色の網に覆われた建設途中のビルにところどころ遮られて見えなかった。カレンは、ひょっとして飛行機が飛んではいないかと、それがこれまで彼女が待ち望んでいた一つの印であるかのように、空を探した。

枕

Pillow

一瞬、彼の目がきらっとするのを見たと思うと、次の瞬間、涙が見えた。

「君にはよくしてあげただろう?」と彼はあたりを見回しながら訊いた。中国茶店にはもう一組の客がいるだけで、それも茶だんすの陰になっていた。

「泣いてる」と僕は溜め息をついた。「また泣いてる」

「そうだ、わかってる! どうしてこんな仕打ちを続けるんだ?」

僕は彼から目を逸らして、小さな陶製の急須の口から立ち昇る湯気を、コンロの上のパイレックスのポットの中で透明な湯が沸き立っているのを、青い炎を、見た。

「君が見たいと思うのはこれ? 五十男? こんなみじめなざまの?」

「いや」

「じゃ、どうして」テーブルの上に置いた僕の腕に触れようと彼は手を伸ばした。爪は手入れされ、指には指輪が複数あった。僕は手を引っ込めた、厭そうにというわけじゃないが、うんざりして。機械的にだ、反射作用みたいなもの。

彼は目をぱちくりさせて、眉を曇らせた。僕は漢字の書の掛け軸を眺めて、彼の涙がそれを滲ませ幾筋もの滴りとなるところを想像した。自分がお茶を飲み下すところを想像した。海水みたいな味がするけど。彼の顔にキスして彼がとても幸せだと言った時のあの涙を僕は思い出した。女の子が囁く時みたいな優しい声だった。

「十回は呼び出した、でも君は一度も応えてくれなかった」彼の声は、感情的にではなく理性的に話をしていると自分に言い聞かせる時に人が使うような、低い声だった。

「忙しかったんだ」

「なにで忙しかったんだ？　誰と？」

「駄目なんだ」

「何が駄目なんだ。どうしたんだ」

「あれこれ訊くの止めてよ」とうとう僕は言った。二回目はずっと穏やかに言った。といっても最初だってそんなにきつく言ったわけじゃない。「とにかく、あれこれ訊くのは止めて。疲れてるんだ」

「十八じゃないか。疲れるわけがない。僕に任せてよ。なにで疲れてるんだ？」

「あんたに」と僕は言って目を逸らせた。窓には雨滴が集まっていた。「あんたのせいで疲れてるんだ」その言い方には、ずっと言おうと思っていたことを言うみたいに、何か勝ち誇ったところがあるはずだった。でも実際にそれを言うととても率直に響いたところをみると、相手を傷つけるつもりは全くなかったのだ。

初めての時のことを覚えている。彼は僕の父の友人だった。ある日、彼は僕のうちへ来て、僕が自分の部屋の窓から外を眺めているのを目にした。その次の週、彼は僕に「おじさん」と呼ぶのを止めるように言った。一週間後、彼のベンツでチャンギ路を走っている時、彼は僕の太腿を触った。夕方に僕を学校で拾ってくれていたのだ。僕は目を閉じて、なすがままにさせた。

「今やってるこの曲は何?」僕は尋ねた。

「いいと思うかい?　マーラーだ。グスタフ・マーラー」彼は僕の太腿の内側に手を伸ばしてきた。僕は動かなかった。

「クラシックは聴かない」

「聴くべきだよ」と彼は言ったが、その声が少し震えていた。「なぜかというと」彼の手が僕のファスナーを下ろしにかかっていた。「クラシックはいいからだ」

僕の目は閉じていたが、心では、街灯がどこまでも続いているのが見えていた。瞼を開ければ消えてしまう百万本の誕生日の蝋燭だ。やったのはある駐車場のねむの木の下で、彼は泣いていた。

「そんなつもりは無かったんだ」彼は啜り泣いた。「送って行くよ」

「いや、いいんだ」僕は彼に言った。

「僕は年寄りだ」彼はバックミラーに映る僕を見て言った。「僕の友達は、大抵結婚していて、子供がある。息子が来週大学を卒業するのもいる。食事はほとんど外だ。休暇旅行で撮った写真なんてないし、クレヨンで描いたカードももらったことがない。キングサイズのベッドがある。高かった。でもね、枕は一つだけなんだ」

「どうして結婚しなかったの?」

彼はヘッドライトを点け、僕たちの前にある木を照らした。それからライトを強くしたので、末枯れた樹皮をせわし気に這い回る蟻たちが見えそうだった。やがて彼はライトを消し、木は暗闇の中に沈んでしまった。彼は、なんでこんなふうにライトを点けたり消したりしているのだとでもいうように、顔をしかめた。

「うまくいかないことってあるんだよ。思いどおりにいかないことが。僕の歳になったらわかるよ」

「もうわかってると思う」僕はダッシュボードの縁を指でなぞって、何かの名前を消すみたいに、端から端へ動かした。

「お金はたくさんある」彼は言った。目はバックミラーに釘付けのままだった。「そのお金を掛けてやる相手がないんだ。通帳を開くと、たくさんゼロが並んでる。テレフォンショッピングを観て、電話をすることもあるんだよ。お金がありすぎるとそういうことになるんだと思う。腹部エクササイザー、きゅうりを花の形に切る調理器具、トレッドミル、どんな汚れも落とす白い薬剤も買った。驚くべし、何だって買える。先週は、ある皿を買った、冷凍食品を載せると速く解凍できる。やってみたよ。アイスキューブを置いてみたら、きっかり三分で水になった」

「いいね」と、何と言っていいかわからなくて、僕は言った。「ほんとにそんなに速いの?」

「そうだ。でもね、自分のためにお金を使うのは、誰かのために使うこととは違うんだよ。他人に何かを買ってあげたいんだ。喜んでもらえるような物をね」彼はちょっと言葉を切った。「僕は年寄りだ」

「それぱっかり言ってる」

「気にならない?」

彼のアパートは手入れが行き届いてきちんと片付いていた。引越しするとしたら、箱五つに全部を納めることができたと思う。ベッドのことは本当だった。枕は一つしかなかった。少なくとも彼は嘘つきではない、と僕は思って、彼が僕の腕の中で溶けて優しく顔を押し付け、影をつかもうとする人みたいに僕の胴体のあちらこちらに指を動かすままにさせた。僕は駐車場のあの木のこと、蟻のことを考え続けていた。蟻が樹皮を噛みちぎっていた時、木にはわかっていたのだろうか。植物は痛みを感じることができるのだろうか。僕は彼の涙が僕の肩に落ちるままに、彼の唇が僕の肌に濡れた楕円形のあとをつけるままにさせた。目を閉じて、僕は彼の口がイソギンチャクの括約筋みたいに開いたり閉じたりしているのを想像した。僕が眠りかかると、彼は僕の頭を持ち上げてそのたった一つの枕を頭の下に置いてくれた。

「好きなんだ」とその時彼は言ったが、あまりに哀れっぽくて何の意味もなさなかった。

僕は目の前の陶製の茶碗を見て、親指と人差し指とでそれを何度も回した。茶を嗜むことは古くからの伝統で、男たちが顎髭を長く垂らして眉がひょろひょろしていた頃に遡る。僕は自分の手を見て、しみができるところを想像した。老人たちが固まって寒さから身を護るように、骨という骨がいっそうぴったりと皮膚を纏いつけるところを想像した。僕はじっとさせようとすればするほど手が震えることに気がついた。

彼は話し出した。「君の友達はみんな若い……お兄さんたちと付き合ってるんだよね」彼がいつもその語を使うことに、僕は笑いたかった。「僕と一緒にいるのを見られたくない時もあるんだよね」

「また同じことを言ってるじゃない」

「僕を捨てないって言って」

「そういう約束はできないよ」僕はとうとう目を上げて彼の顔に向き合い、彼の目の周りに押し寄せた皺や黒く染めた薄い髪や口角にできた皺を、無遠慮にじっと見た。「僕は若過ぎるんだよ」

彼はもう一度顔をしかめると、電熱器のスイッチを切った。僕ははっとした。その間じゅう炎のシューシューという音がしていたからいろいろ言えたみたいだった。

「そんなひどいこと言わないでよ」

「ごめん。疲れたんだ。マーラーに。茶店に。それにあんたの車に乗ることに。疲れたんだよ」

「教習所の費用なら出してあげるよ」

「運転はしたくない。歩くのを始めたいんだ。自分の脚で」

言葉を放つ前に組み立てているかのように、彼は目を細めてゆっくりと頭を横に振った。しかし出てきたのは寄せ集めのたわ言ばかりで、僕は一瞬、自分がふとした時々に彼が憐れみと愛との境をぼやかすままにさせていたことを思い出した。

「会社でも君のことばかり考えてるんだ。君がいて僕は幸運だと——窓から空を見る——そしてそれが灰色になって来ることが怖くないんだ。夜が君の匂いのするようになる。留守番電話には君の声しか入っていないし、夢を見れば、それは君の肌の色をしてるんだよ。君と一緒にいると、僕は昔のリズムを取り戻す、忘れ始めるんだ。僕の歳になると、思い出すなんてことは一番したくないことだ。君と一緒にいると、自分が五十路とやらであることを忘れてしまうんだ」

涙がまた一粒テーブル天板に張られた木の皮の上に落ちるのを見て、僕は目を背けた。勘定をと店の人に声を掛け、自分の財布の中を探って、今回のお茶のために一週間貯めておいたお金を出した。そのお金を盆の上に置くと、茶器を片付けるウェイターを見た。茶葉は黒くびしょびしょになっていた。僕は年若い男としては不自然なくらい彼を見続け、姿が見えなくなるまで、彼の両足がためらいがちに僕たちのテーブルから、彼が片付けたごたごたから、離れていくのを目で追った。

「いつかこうなるとわかってた。続きはしないと」彼は声が震えないようにと必死だった。僕を家まで送る段になって、回り道をして彼のうちへ連れて行ってくれと僕は言った。僕の物、本や雑誌、下着を持って帰りたかった。すっかり出直したかったのだ。

彼の部屋に入ると、僕は僕の身の回りのものを集め出した。机の下から、棚から、ががたいう引き出しから。無くしたと思っていた経済学のレポート、それに最後まで読まなかった幻想小説とを見つけた。『有能な人々の七つの習慣』と『友人を作り人々に影響を与える方法』という彼の本の間に入っていたのだ。あるページの一角がしっかり折られたままになっていた。〈僕の年齢の若者〉が何を読んでいるのか知ろうと、いつか読むつもりで僕の本を取っておいたのだろうかと思った。背表紙が皺になっていたから、彼は読んだのだ。僕は本をもっと大事に扱う。窓辺に寄って、僕は下の駐車場を眺め、僕の人生の転機となったあの日に見た木はどれかを確かめようとした。でもわからなかった。まるで夜から身を護ろうとするかのように葉を畳んで、ねむの木が並んでいた。その幹でアリたちが滴る赤い樹液のように蠢いていて。街灯は琥珀色に丸く輝き、羽アリの焦げた屍骸が一杯で。

僕は着ているものを脱ぐと、太腿の間に彼の枕を立ててベッドの上に座った。それから脱いだものをきちんと畳んだ。整頓された部屋の中でひどく場違いなものに思えたからだ。

寒かったが、震えをこらえながら僕はしばらくそうしていた。五分すると、目を赤くして彼が入って来た。

「ねぇ」と僕が言った。「あんたが買ったって言ってた例のもの見せてくれてないじゃない。速くものを溶かすってやつ」

彼はベッドに這い上がってきて僕を自分の目の中にしっかりとらえようとした。両手のひらを僕の膝に置いた。氷のように冷たかった。

「二度とああいうことはしないと約束して欲しい。帰り途、僕がどんな気持ちで運転していたかわかってたかい？　僕がちょっとハンドルを切りそこなってたら、二人ともここにはいないはずだ」

僕はただ黙って彼に向かって微笑んでいた。僕がどんなに疲れていて、夜がどんなに遅いかを彼に知らせるための微笑みで、僕がまだ小さかった頃によくやっていた例のやつだ。

彼は手を伸ばして枕を取った。僕は、彼を押し返すと同時に支えでもするように片手を彼の胸の上に置いたが、彼は凭れかかってきて、僕が仰向けになると、まず僕の首に、次に僕の両耳に、僕の髪に、涙を滴らせ、それが届かないところは唇が体中を嘗め回した。ついに唇を合わせたが、僕の顔は半分枕に埋まっていたから、彼は僕の唇の端に触れられただけだった。行為中、彼は、まるでそれが彼の知っているただ一つの名前であるみたいに、僕の名前を何回か呼んだ。「ああ」と彼は言った、「ああ、サイモン、お願い！　お願いだ！」

その夜、その夜だけと自分に言い聞かせて、僕は枕を彼に使わせることに決めた。でも僕は何も言わなかった。僕はただ彼の頭を僕の膝の上で両手で支えて、メロディーが舌の先まで出ているけれど歌詞が思い出せないある歌を思い出そうとしていた。彼が眠りに落ちて鼾をたて始めると、僕は気が変わって、枕を彼の頭の下から引き抜いた。僕は、一つ一つフルネームを口に出しながら、失ったたくさんの友達のことを、中等学校時代に寵愛を取り戻そうと必死になった男の子たちのことを、考えた。それから名前を忘れてしまった人たちについては、彼らについて一番覚えていることを口にしてみた。シャツをひらひらさせていた子。

乳首の黒い子。靴の紐を結ばずにいた子。バカみたいなこと、例えば、僕が四歳のとき母がどんなふうだったかとかを、思い出そうとさえした。僕はぎゅっと枕を抱いてその中に鼻を埋めた。息をしようと顔を上げると顔が皺だらけになる感じがした。

廊 下

Corridor

廊下で男の人の他殺死体が見つかった時、わたしらは一家でジャカルタに遊びに行ってい た。隣も留守で、どこへ行ったのか誰も知らなかった。七日間配達を止めてくれと新聞販売店の人には言っておいた。これは前と違っていた。タンピニズ（かつては田園地区だったが、七〇年代に開発が始まり、九〇年代には団地ができあがった）にいた時なら、昔からのお隣のディスーザさん夫婦に、新聞を取り込んで、よかったら読んで頂戴、ただ帰ったら返してね、と言っておけたのだった。そして返してもらう時に、「ごめんなさいよ、ここのクーポン券切り取ってしまったの。セールは昨日までだったから」と言われたり、子供の一人に青ひげと眼鏡の顔をいたずら書きされてしまったりしていても、目をつぶったものだった。それから、鉢植えに水をやってね、でも子供らのサボテンはいいの、やり過ぎると腐るから、とも。

よろしく。それじゃ、行ってきます。

死体はうちの並びに住む女の人に発見された。この人は朝誰よりも早く仕事に出る。いつも窓を閉めていて、たまに男の人を連れて帰って来る。でも何をしようとわたしらの知ったことじゃない。とにかく、この人はいつも身なりがきちんとしていて、肩パッドのついた服を着こなすし、ストッキングも穿いていて、わたしは居間にいるとうちの前を通るのを時々見かける。彼女の姿を見ると、わたしは孫たちに、お急ぎよ、はやく靴履いて、何でそんなに汚れてるの、まだ二日目なのに、ほら、ばあちゃんの手にキスするのを忘れないで、しっかり勉強しておいで、と言う。時々わたしはその女の人のことを考える。家にたどり着いて、ごそごそ鍵を探る。警察に電話する。なんで自分が電話しないといけないのかと訊く。なんで自分の住所を言わないといけないのかと訊く。

なんで自分の名前を言わないといけないのかと訊く。

一所懸命考えればその女の人の名前が思い出せそうな気がする。男の人が彼女の名前を呼んでいて、彼女が顔を蔽って廊下を駆けて行くということがあったから。泣いてたみたいだった。リディアとかリンダとか呼んでいた。「リディア、ごめん。戻って来てくれ」わたしの記憶が正しければ、リディアだったと思う。

ジャカルタではわたしはほとんどホテルの部屋で過ごした。みんなは露天市場で食べ物を買って帰って来た。いつも食べ物だ。油でべとべとしたビニール袋に入った鶏の手羽先とか、串刺しの魚団子とか、ベッドの端に腰掛けて、テレビを観ながら食べて。あきれてものが言えない時がある。わたしはあんまり食べないものだから。それで、この番組、わたし、午後にもう観たよ、と言う。するとみんなは、ここはホテルだからケーブルテレビが入ってて、同じ番組が何回でも放送されるのだ、と言う。まるでわたしが何も知らないみたいに。そんなことぐらいわかってる、わたしはもう観たと言いたいだけと言ってやりたい時がある。文句を言ってるわけじゃない、その番組がおかしかったと言いたいだけ。カーテンを閉めたホテルの部屋にたった一人でいて、笑わせてもらった。そのこと自体おかしいことだ。

それから、孫たちに何をしたのだと訊くと、浜辺で拾った貝を見せてくれる、ありふれたやつ、割れたのもある、でもしまっておいてと言う。どうするのかと訊くと、洗うと言う。洗って日に干すと言う。それから？　と訊くと、今度は婿の出番で、まだ小さいんだから、そんな質問はしないでやって、何て答えたらいいんです、と言う。シンガポールにだって浜辺がないわけじゃなしと言いたくなるけど、たいていは黙ってる。なんにせよ婿が叱ると、子供たちはいつもわたしのところへ逃げて来て、わたしはアイスクリーム買いに行こう、財布探して来て、と言う。どこに置いたかよく知ってるのだけど。

ある日、婿が娘に、お義母さんは辛辣だと言っているのを偶然耳にした。娘はわたしの肩を持って、頭がいいからよ、と言った。ご亭主にそんなこと言わないでくれたらよかったのに。黙っててくれたらよかったのに。年寄りはとろいのが一番一緒に住みやすいのだから。電話を使わず、毎晩早く寝るようなのが。


「母さん、今度の旅行は随分張り込んだんだから、楽しんでよ」

「楽しくないなんて言ってやしないよ」

「一日中ホテルにいてばっかりじゃない」

「年寄りだからね」

「なんで一緒に買い物に行かないの？　なんでも安いわよ。昨日クリスタルの鉢のいいのを見かけたわ」

「欲しいものなんて何もない」

「ちょっと気分転換したかったから、旅行することにしたのに、母さんたら。どういうこと？　うちにいても楽しくない。ここに連れて来てあげたのにやっぱり楽しくないなんて。今晩、晩御飯には一緒に来てよね、母さん」

「うちにいて楽しくないなんて誰も言ってやしないよ。あんたたち、みんな一日中働きに出てて、わたしがうちでどうしているか見てないじゃないか」

「一人にしておくのが心配なのよ、母さん。隣があういう人たちだし」

「あの人ら別に何もしやしないよ」

「一緒に来てよね、母さん」

「レストランで食べるの好きじゃないんだよ」

「母さん……」

「わかったよ。今晩だけだよ」


死体は午前五時三十分頃に発見され、警察が来た時にはその周りにちょっとした人垣ができていた。リディアがその中にいたかどうか知らないけど、例のインド系の男の人とその奥さんはいたはずだ。インド系の男の人はマラソンの選手で、彼のうちの前を通ると、居間に優勝カップだのトロフィーだのメダルだのが飾ってあるのが見える。以前新聞で見たことがあって、「これ、近所の人じゃないのかい?」と娘に訊いたら、初めは知らないと言ってたが、後で「走れるなんて知らなかったわ」と言った。道理でいつもジョギングしてるのを見かけるわけだ、でも軍関係の人かなんかだろうと思ってた、と彼女は言った。それはあんたがあの人のうちの前を通らないからだと言ってやりたかった。わたしらのうちは階段から二軒目だから、そのインド系の男の人の家の前を通ろうと思えば廊下の奥の方まで行かなけりゃならないのだ。でも、うちからだとどこへ行くにしろすぐ階段を降りればいいのよ、あっちの方なんてわたしたちには関係ないわ、と娘は言うに決まってる。

その男の人の奥さんも走っていそうだ、痩せてて肘と膝ばっかり、でもトラックに似合いそう。彼女は脚の産毛を剃ってるが、いつも、買い物に行く時でも、短パンを穿いてるのだから、無理も無い。アンクレットをしていて、勤めてはいないと思う。たいてい家にいる。でも、いかにも新妻という感じ。新婚さんで、室内装飾の本を手に家の中を歩き回ったり、新しい料理を試してみたり、結婚式の時の写真をお客さんが一番見やすいようにまだあれこれ並べかえたりしているようなタイプだ。結婚してせいぜい一年というところか。わたしらも新しい家に越して来て一年。

で、わたしにはそのインド系の夫婦が死体を見ているのが見える。腕に抱かれて奥さんが旦那さんにしそうな質問は、「一体誰がこんなことを？　どうしてこんなことを？　これが起こった時、わたしたち何をしてたんだろう。二人とも寝てたのかな。どちらかは眠ってて、どちらかは目を覚ましてたのかな。どうしてこの団地じゃ留守のうちが多いの？　物音を聞いた人はいなかったの？　どうしてわたしたちは何も聞こえなかったの？」

でも死体に覆いが掛けられて運び去られる時彼女が実際旦那さんにする質問は、「この人、誰？」だけなのだ。


ジャカルタは大都会で、道路が混んでて、人々はところかまわず警笛を鳴らし、道を渡る。わたしが泊ったホテルは毎朝新聞を配ってくれたから、わたしは読もうとしてみたけど、マレー語とインドネシア語には共通の言葉もあるけどそうでないのも多いとわかって、ちょっとして読むのは諦めてテレビを観た。うちで観る時はたいてい雪が降ってるみたいに白っぽく見える番組が突然はっきり見えるのは、不思議な気がした。シンガポールでもインドネシアのチャンネルがいくつか入るけど、いつも画面の中に蟻の大群がうようよ這い回っているように見える。スタジオにいるホストや大きなイヤリングをしたニュースキャスターや巨大な髷のメロドラマのスターはちっとも気にしてないみたいだけど。

時々わたしは振り返ってみて、あの男の人がうちの共用廊下で殺された時わたしは何をしていたのだろうと考える。もしかしたらその時、ミニバーを開けて缶ビールを捨ててもいいだろうかと考えていたかもしれない。酒類のある部屋で寝たくなかったのだ。それとも、どうやったら縦型ブラインドを開け閉めできるか試してた時だったかもしれない。それとも、娘がわたしのブラジャーとパンティをどのバッグのどこに入れたのかと思った時だったかもしれない。それとも、多分、うちを思って帰りたくなった丁度その時だったかもしれない。チャンギ空港、白いタイル、清掃員、たいていわたしくらいの年齢で、わたしもあの人たちみたいになっていたかもしれない。それから高速道路を通って、婿がスピードを上げて、多分窓を開けて子供らは口を開けて風を吸い込んで、上顎が乾くのを感じる。

あの男の人は、わたしが止め方のわからない有線放送のくだらない音楽を聞かされながらホテルの部屋にいてうちが恋しくなっていたまさにその瞬間に、殺されたのかもしれなかった。つまり、あの男の人はいつ殺されたのかわからないということだ。

隣が留守だったというのも、わたしに言わせりゃ驚くようなことじゃない。そのこと、うちの前で何か悪いことが起こった時にいがみ合う二つの家族が留守をしていたということには、きっと訳があると思う。憎み合いは、ある日うちの孫たちが水道栓に悪さをしようとした時始まった。ちょうど学校から帰ってわたしが玄関のドアを開けてやるのを待っていた時に、下の子が隣の水道管のバルブを捻ったのだ。隣は水道の蛇口を開けてみて、地区の自治会に電話したのだろう。それで大勢の人がやって来て、揚げ句に誰かが屋外水道栓に悪さをしたということがわかっただけだった。

うちの孫たちはそのあと何度もこれをやって、ある日わたしは隣の人——奥さんだったけど——が廊下で水道管のバルブを開け直しているのに出くわした。

「誰かがうちの水道に悪さしてるんですよ」

「ほんと、いたずら坊主が多いですねぇ」

「これが初めてじゃないんです」

「いたずら坊主が多い。階段でおしっこするのもいるし」

「蛇口を開けて水が出ないと慌てますよ」

「悪いのがいますよねぇ」とわたしは奥さんに言った。「そうそう、昔、庭があった頃、わたしの母親がこの花を育ててました」

「なかなかむずかしい花なんです」

「大概の人はありふれたやつを育てるもんだけど、根気があると何でも育てられるんですねぇ」

「うちにいても大してすることがないもんで」

「この並びで一番見事な花ですよ」

「ほんとに?」

「こういう花はもうあんまり見かけないですねぇ」


それは殺人事件と分類されたけど、当たり前だ。赤の他人の家の前で刺し傷を七つも作って自殺したがる人がどこにいる。借金が返せなくて逃げようとしたらしく、殺人犯はまだ捕まっていない。殺された男の人はまだ三十代の終わりで、次の二、三日わたしは新聞の死亡広告に注意してたが、載らなかった。親族が少なかったか、それとも、いても世間体が悪いと思ったか、自分たちの命が惜しいと思ったというところかもしれない。その男の人はうちの棟の住人ではなかった。借金がたくさんあって三十代の終わりと、帰ってから買ったどの新聞も同じことを言っていた。もしホテルの部屋にいなかったら、わたしは野次馬の中にいただろう。立ち入り禁止の縄が張られてたら、わたしらはその外にいて、勇敢な人は前に、意気地なしは後ろに、そしてすごく勇敢な人はもっと後ろにいて誰もその恐ろしい現場から逃げ出さないように見張っているのだ。

でも、もしそれが起こった時わたしがうちにいたら、どうしていたかわからない。叫び声が聞こえたらどうしたろう。うちの前の廊下ではよく叫び声を聞く。特に端から二番目の家からで、声の大きな女の人がいるのだ。この人には以前とても年のいった母親がいて車椅子に乗ってたという話だ。彼女は母親をよく前の公園に連れて行った。ほら、雨上がり、どうかするとブーゲンビリアの花びらでアスファルトの小径がパレードの通った後みたいになってしまうあの公園。母親の車椅子を押しながらあれこれ話しかけてやっていたらしいけど、母親は車椅子に座っていて低い位置にいる上に耳が遠かったから、その女の人は大きな声を出していたのだ。「草を見て。刈ったばかりみたいね」などと言ってたらしい。母親は目が見えないわけじゃなし。「草が刈り込まれて模様になってるわよ」母親が死んだ後でも、まだこの人は誰もが耳が聞こえないみたいな喋り方をする。とにかく、彼女が子供たちを叱り出すと、同じ並びの住人には逐一聞こえてしまうのだ。「頭に来るわね。どうしてあんたはお母さんを怒らせてばかりいるのよ。ちょっとは嬉しがらせて頂戴。ほっとさせて頂戴。なんで叩かせるようなまねするのよ」以前に彼女の家の前を通った時、がらんとした居間が見えた。床におもちゃが散らかってて、壁には子供の背の高さの位置に紙が二枚貼ってあった。アルファベットと九九の一覧表だった。そのどっちかに大きなピンクのタコの絵が描いてあったが、どっちだったか思い出せない。

「母さん、どうして窓の外ばかり見てるの？」

「別に」

「もうじきシンガポールに着くわよ。何か注文する？」

「考えてるんだよ」

「何を」

「誰がうちの鉢植えの世話をしてくれてるだろうかって」

「母さん、一週間やそこらで枯れやしないわよ。たっぷり水をやって出たじゃない」

「あんたには鉢植えのことはわからないよ。どうしてやらなけりゃいけないか」


水道栓に悪さをしていたのはうちの孫たちだとわかった日は、ちょうど色んなことが起こった日だった。あの夜、わたしは眠れなかった。というのも誰かの車の盗難防止ブザーが鳴って、うちは七階だけどその音が聞こえたからだ。鋭くてしつこい唸り音、何度も何度も同じ節が続いて。だからわたしはマットレスから起き上がって手洗いに行った。水道の蛇口を捻るとキューキュー音がして、それから、水の音を待ってた時のあの空っぽの感じ、蛇口が水を出す代わりに音を全部吸い込んでしまったような感じ。

その瞬間、わたしは老婆みたいな気分になった。

その次の週、うちの孫たちは水道栓に悪さをしていたことを白状した。わたしはいつかお隣に謝ろうと思ってたが、ちょうど外へ出た時、娘さんがドアを開けるところに出くわした。若い男を連れていて、その男の子は彼女の腰に手を回していた。彼女はわたしを見たが、その目付きは、まるでわたしが彼女から何かを奪った、彼女の人生を取り返しのつかぬ方向に変えてしまった、とでもいうみたいに、決して忘れられないような憎々しげなものだった。彼女は若い男に家に帰るように言ったが、彼も立ち去り際にわたしを睨みつけた。だが、その時既にわたしは娘の両親が留守なのに気がついていた。

「お母さんは?」

「出かけてます」

「会いたいんだけど」

「なんで?」

「いや、ちょっと……」

「なんの用?」

「あの、この辺のいたずら坊主のことで……」

続く数日、ますます妙になっていった。まず、うちのつっかけが見えなくなったが、まるで誰かがそこまで蹴っ飛ばしたみたいに、階段の近くで見つかった。それから時々、昼下がりにわたしが居間にいると、壁を拳で叩く音がした。わたしらはつっかけを外に脱ぎっぱなしにしないようになり、隣の奥さんが道で出会っても目を逸らせるのに気がついた。奥さんは大抵大きなスーパーの袋を重そうに両手に下げ、頭を片方に傾げて、疲れたようにうつむくのだった。ばつが悪いし疎ましいという感じだが、どこかわざとらしいところがあって、わたしは何かがおかしいと思ってた。大きな音を立ててドアを閉めるようになったのもこの頃だった。

子供らのためといって、婿がカラオケセットを買っていた。一緒に歌おう式の教育ビデオで、楽しみながら学べると言うのだ。でも実際、金色のマイクを握って歌うことになったのは彼なのだ。ソファに座って、声にエコーを掛けて、時には仕事用靴下も脱がずに。そうして、「すべて君のため」とか十八番の「ここで待ってる」なんて歌を歌う。ある日、ちょうど彼が歌っていて、子供らがテレビで白人の男が風に飛ばされた婦人帽を追いかけているのを観ていた時、バタンという大きな音が聞こえた。お隣がドアを閉める音だと、わたしはすぐ気がついた。事実、それからというもの、わたしらがうちにいるとわかると音をたててドアを閉めるようになったのだった。

他にもいろいろあって、陰険で口にするのも憚られるような些細な嫌がらせだが、心を炉の中の泥土みたいに硬くしてしまうあれこれだ。ある時はうちの玄関先に小便の跡があった。動物のしわざということもありえたが、容器に採ってわざとぶちまけたのだと娘は言った。それからしばらくすると、わたしらはもう窓を開けっ放しにしておかないようになった。というのは、ある日テレビの傍に土くれがあるのが見つかったからだ。婿はそれが絶対乾いた糞だと言い張った。隣の人たちも同じようにし始めた。窓とドアとを閉め、エアコンを買って、まるでまた何か悪魔的なことを企んででもいるみたいに自分たちの家にじっと閉じこもって。

婿がビデオカメラを買おうとまで思ったこともあった。警察に証拠が示せるように犯行の瞬間をとらえたかったからだ。でも、わたしらの方が完全に潔白というわけでもなかった。できる限り厳しく躾けたはずのうちの娘が、廊下を掃いていた時におおかたのごみをお隣の戸口の方に掃き寄せるということがあった。孫たちは隣の奥さんを魔女と呼ぶようになった。

夜早く寝ないと、奥さんがやって来てヤモリを食べさせる、と婿も言った。

「電気を点けておくれ」

「はい、ばあちゃん」

「父さんが旅行かばんを運ぶの手伝って、それから、窓開けて」

「わかってる、わかってる」

「なんでテレビなんかつけるの」

「だって、ばあちゃん、丸一週間観てないもん」

「窓を開けなさい。玄関、変な臭いがするから」

初めてこの家に足を踏み入れた時、日の光が一杯差し込んでて、その光の中に埃が無数にきらきらして、空気中で輝く点々みたいに見えたのだった。わたしはその時、二通りのやり方があると考えた。天上から床まで綺麗に掃除するか、それともカーテンを吊ってなんでも露わにしてしまう光を入れないようにするかだ。でも、とにかくこの家が気に入ったし、台所で子供らが水道の蛇口を捻っているのも、物音のよく響くがらんとした骨みたいに白い部屋も、廊下で出会う笑顔も、気に入った。隣の人たちは歓迎のしるしに缶入り飲み物を持って来てくれ、わたしらは感謝の気持ちを笑顔で表しながら手についた埃と缶についた水滴を混ぜ合わせたが、まるで一所懸命自分たちで家を建てたみたいに、手が汚れていることが嬉しかった。いわば、一息入れているところで、飲み物を出され、笑顔には感謝の気持ちだけでなく日焼けした労働者の満足感が溢れているという感じだった。

外に出たのは日の暮れで、裸足で廊下をぶらぶら歩いていると、死んだ男の人の記憶が頭に付いて離れなかった。セメントの床が冷たかった。よく磨かれた冷たさ。小風がわたしの鉢植えの日本竹の細い葉をそよがせた。廊下の手すりの傍まで行くと、足の裏がべとつく感じがした。村のことを思い出したのはその時だった。ある晩のこと、金を盗んだ泥棒が森の中に身を隠した。村中総出でそいつを探しに行った。わたしみたいに小さい女の子たちも行って、半時間探したが、駄目だった。わたしは眠たくなってきて、目をこすってばかりいたが、その時突然それを感じたのだ。わたしはそいつがあたりにいるという強い感じがした。そして近くの物影がかさこそと音を立て始めた。ビロード布の下の蛇みたいに、何かが茂みの中を移動しているようだった。その時、わたしはそいつが一本の木の上にいるのを見つけた。ぶるぶる震えてて、年端もゆかぬ泥棒だった。わたしは奴がそこにいると指差した。その後うちへ帰る道すがら、わたしは目が鋭いとみんなが言ったが、わたしには感じる力、こういうことを感じとる力があることが、わたしにはわかっていた。

それで、目を閉じて、あの男の人、あの不幸な男の人のことを思った。うちの廊下に転げ込んで、殺されて、七つも刺し傷を負って、親族も見つからず、今わの言葉も書き留められず、目の前には夜明けの眺めを遮る廊下の手すりがあるばかりで、見る間に星も消えていって。わたしは右の方へ二、三歩歩いて、階段のある側つまりうちのお隣の方へ寄った。わたしはまだ手すりの縁をつかんでいた。わたしも人垣の中にいたらよかった、走るインド系の男の人や叫ぶ女の人やあのリンダと一緒に。

あの男の人のことを、彼が横たわっていた丁度その場所を、感じ取ろうとしてみた。心のどこかで、それはうちの前だったのか、それともお隣の前だったのか、中間だったのか、その出来事全体が何を意味するのか、わたしらにとってどんな裁きをもたらすのか、と考えていた。でもその時、ある感覚がわたしを襲って、彼がどこで死のうとどうでもいいことだし、人垣なんてなかったことに気がついた。そしてわたしはそこにいなかった。誰もいなかった。誰も知らなかった。

目を開けて、振り向くと、隣の人が窓からわたしを見ているのに気がついた。わたしはまだ生き残っている彼女の鉢植えに目を落とした。どの枝もうちの孫たちがいつだったか花をもいでしまってずんべらぼうになっていた。振り返ると、隣の人は姿を消していたが、窓は開けたままにしてあった。もう長い間なかったことだ。一瞬風が吹き込んで彼女の家のカーテンを持ち上げると、縁飾りのふにゃふにゃした平凡なレースが見えた。そして、一つの答えか問いみたいに、彼女の家の居間に暖かい琥珀色の電灯が点った。

対決

Duel

僕が毎晩寝る前に見る灯りがある。ベッドに横になっている時、通りを挟んだ向かいの黒い断崖のような棟でまだ点いているのはその部屋の灯りだけだ。その時刻に灯りが点いているのは他には僕の部屋だけじゃないかと思う。僕の部屋は二階で、相手のは八階だ。その間に、灯りに引き寄せられるものたちが巡礼のように通う一筋の光の道を、僕は想い描く。例えば、蛾とかだ。

窓に突っ込む神風カブトムシ。

角あるハネアリ。

六足未確認飛行物体。

そんな遅くにその人は起きて何をしているのだろうと時々気になる。僕の場合は、全く正当な理由がある。僕は長い昼寝をする。夜はテレビショッピングの時間になるまでテレビを観る。あんぐり口を開けたり「信じられない！」と叫んだりして、やたら元気な人々がいろいろな物を売り込もうとするのだ。家具が少なくがらんとした居間に一人いて、金髪のアメリカ女が蛍光灯みたいに光る歯をむき出して、ヴェニスの浜辺でありえないような腹筋を見せびらかしたりするので、嘘臭くなるまで観る。自分が世界の反対側の端に座っていて、僕と〈六箱ご提供嬢〉との間を牧師みたいに取り持ったのは通信衛星にすぎないという感じが忍び寄って来るまで、僕は観る。それからテレビを消すのだが、たいて何か皮肉を言ってみてからだ。僕がこれをするのは、後で僕の思考に覆い被さってくる静けさや、闇の中でまだボーッと光っているみたいな薄気味悪い四角いテレビの画面が怖いからじゃない。ショーの終わりに「さあ、みんなこれでおしまい」という漫画の登場人物風にやるのだ。ついこの間の晩も、「観客はなんだってあんなに拍手してるんだ。クスリをやってるみたいじゃないか」と言いながらテレビを消して、続いて「僕は何を言ってんだ。薬を飲んでるのはこっちだ」と言っていた。そして僕は笑うのだ。一人で笑うのは初めのうちは怖かったが、自分のことを笑っているのじゃないと思うようになってからは、慰められる感じがした。

とにかく、テレビのあとは、部屋にいて何か読もうとするか、あれこれ考えたりするかする。僕には僕流の瞑想ポーズがある。後頭部を両手のひらに預けるのだ。僕の腋の下は大気中の思考波を拾う感度の良い二つの情報センターだと想像することにしている。例えば、母親の死とか。彼女は五十五で卵巣癌で逝き、すべてを一人息子に残した。ホンダ車は売った。僕は運転できなかったし、習う気もなかったからで、その他のものは全部取っておいた。勿論、僕は、自分の状態については母親には何も言わなかった。目覚めている貴重な時間を痛い痛いと言って過ごす人に、そんなことを打ち明けられるわけがない。痛みというのは口に出し続ければ少しは和らぐのだろうかと、時々僕は思った。考えてみれば、病院で付き添っている時、話らしい話をしたことがなかった。彼女の気分には浮き沈みがあって、それは服用している痛み止めのせいだと僕は思っていた。「迷惑かけて、すまないわ」と言うこともあれば、「帰って女の子をうちへ連れてけば？　咎めだてする人は誰もいないじゃない。付き添ってくれなんて頼んでないわよ。これまでだってあんたに何かしてほしいと頼んだことなんてなかったでしょ」と言うこともあった。「母が逝った時何を着ていたか思い出せない」と言ったと思うと、次の日には「まるで私が死ぬみたいに見つめるのはやめてよ」と怒鳴るのだった。

でもある日、彼女はびくっとして目を覚まし、僕の手を取ろうとした。「あんたの夢を見てたわ」と彼女は言った。「ベッドの傍に座っているのに、なぜあんたの夢を見たのかしら」どんな夢だったのかと僕は尋ねた。「忘れられないような夢よ」と彼女は言った。「あんたが逝ってしまった夢」

今夜は僕にとって特別な夜だ。というのは、例のあの部屋の灯りのことがここ二週間気になっていたからだ。何となく僕に挑戦するように思えた。毎夜、僕はベッドに横になってその灯りが消えるのを待ったが、消えることはなかった。降参することになるのは僕の方で、寝てしまって夜明け前に目を覚まし、灯りを消すのだ。その時には相手の灯りはどれももう消えてしまっていた。

一晩中寝ずの番をしようと決めた夜もあった。インスタント・コーヒーを二杯飲んで、ベッドにじっと横たわり、相手の剥き出しの天井蛍光灯が夜じゅう点いているのを見ていた。何かしていようと、僕はカーテンに手を伸ばしてその灯りを隠したり覗いたりした。その遊びもすぐに目新しさを失ってしまい、僕がつれない夜更けの相棒についての物語をあれこれ作り上げたのはその時だった。

彼は慢性不眠症で、僕と同じように、寝る時にシャツを着ず、窓を開けたままにして、一晩に煙草を多分二箱吸う。たまに、窓の外をちらと眺めて、通りで一組の男女が喧嘩しているのを見る。女は男の手から自分の手首をもぎ離そうとし、男は顔を両手で蔽って歩道の縁石に座っている。しかし僕とは違って、彼には何かすることがある。多分回顧録を書いているか、それとも女の子に自分を好きにならせるまでは眠らないなんていう馬鹿げた誓いを実行しているのだ。彼はほとんどの夜を彼女の心をつかむためのいろいろな方法を考えながら過ごすが、彼女は眠っているから一番無防備な状態にあるというひねくれた考えがあった。その時彼は、目覚めていて自分の空想機能を思いのままにできることに対してある種の力を感じていた。僕はこの末期ロマンチストのヴァージョンを他のより気に入って、やがて物語は大変手の込んだものになった。彼の憧れの対象は僕の棟に住んでいて、彼女の部屋は彼の部屋の真向かいだった。毎夜、彼は自分の灯りを忠実な愛の灯火のように点したままにした。もし彼に対する彼女の気持ちに何らかの変化が起きれば、彼女は自分の部屋の灯りを点け、収穫の儀式みたいに二つの灯火は燃えて、二つの影が蛾のように窓格子に身を押し付けるのだ。

その物語を作り上げているうち、男は警告の形で灯りを点けているのだと女の子は解釈しているということになった。灯台みたいに、近づく危険を女の子に知らせた。それは、危険を避け自分の部屋の安全な闇の中に隠れてもっと大きな底知れぬ闇から身を護れ、という彼女への合図だったのだ。彼女はありがたく思って、感謝の気持ちを示したいと思ったが、彼には彼女が見えないのだから、それは不可能だった。彼女としては、闇の中にいることは服従の行為で、それを彼女はただ愛情と理解していた。

後に、僕は、その八階の眠れぬ人は若い女性その人自身ということもありうることに気がついた。彼女は闇に対するどうしようもない恐怖があるのだ。夕暮れになると、パニックが襲い、彼女は、夜があらゆるものを無定形で灰色に変えてしまう前には考えうるすべての物体がどんな色と形とをしていたかを思い出しながら、家の周囲を歩く。毎夜、彼女は灯りを点けたまま眠る、煌々と照らされた霊廟の中の死体みたいにだ。彼女の祖母は、孫娘の肌が蝋になってしまわないかと、毎夜、寝惚け眼で灯りを消しに来るのだ。

こういう空想物語の裏には、しかし、なぜか自分と何か共通点を持った人を見つけたという微かな慰めがあった。僕と同じ理由で眠らずにいて、自分の体が悪い所だらけなのに気づいているので思い出の中に踏み迷うことを恐れている人。記憶の風が吹くと、ハリケーンの強さで彼を引き裂いてしまうほどだ。実際、僕はある昼下がり、この人に会ってみようという衝動を覚えた。深く考えたわけじゃなく、彼のドアをノックして、僕は近所の人間で彼に触発されるところがある、と言うのだ。彼が留守なら、ペンとメモ用紙を持って行って訪れた旨書き残しておけばいい。本も一冊持って行こう。ある時期役に立ったが今では僕にはもうなんの意味も無い自己啓発の書だ。ある日僕はパラパラとページをめくって、的外れで変な文言になんでこんなにあちこち線を引いたんだろうと思ったものだ。

とにかく、今日の午後、僕は本当に彼の家まで行ってドアをノックしたのだが、さて彼が出て来たら何て言おうか、まるで考えていなかった。彼は留守だったが、そのことが良かったのか悪かったのか、わからない。キリスト教のパンフレットが二つに折って門格子の間に挟んであった。鳩の絵が描かれていて、虹を翻っていた。背を向けて帰ろうとした時、あることを思いついた。メモ用紙に走り書きをして一枚破り取ると、ドアの下の隙間に差し込んだ。エレベーターに乗った時には何を書いたかほとんど思い出せなかった。全部活字体の大文字だった。そのことについて考えたのはずっと後になってのことだ。

それは、僕が今現在抱いているこの特別な感じを説明している。以前にはしようとは夢にも思わなかったようなことをしたという感じだ。メモを拾ってあの言葉、〈あなたの気持ち非常によくわかります〉を読んで、彼、それとも彼女、が、どう考えていたろうかと思うのだ。

十五夜続けて、僕は向かいの棟の八階の灯りを見守りながらベッドにいる。空に星は無く、あったとしても隠されている。次第に僕は眠りに落ちて、またあの敗北感が襲う。慣れ親しんだ灯りの頑固さが僕の目を眩まし始める。それに対して僕の瞼は無力だ。

母は僕に英語で話す。現実の生活ではなかったことだ。淡いブルーのブラウスを着て珊瑚色の口紅を付けている。僕は色を説明するのが苦手だったから、今夢の中にいるのだとわかる。僕を見ると彼女の目が輝き、医者の誤診だったとか何とか言う。自分の卵巣は正常だ、でなければ息子を産んで今ここで当人と話をしているわけがない。辻褄が合わないように思えたが、同時にまったく筋が通っていた。それから彼女は僕はどうかと訊く。僕はどうでもいいようなことを彼女に言う。僕のカウンセラーは整形手術を受けた方がいいとか、映画でよくあるように痩こけて髭ぼうぼうに見えるのは嫌だから一日に二回剃るとか。彼女は頷いて、わかっているようだ。彼女が聞きたかったまさにそのことを僕が言っているとでもいうように頷く。それからこう言う。「ウイルスって小さいものよ。魂を持ってないわ。どんなに小さいか、知ってる？」

それから彼女は僕のメモ帳を取り出し、鉛筆の先をその上に置くように言う。ウイルスの描き方を教えてくれると言うのだ。その寸法がわかるようにと。彼女は僕の手を取って、目を閉じるように言う。目が見えなくなるのが怖いと僕は言う。合併症の一つだと前に読んだことがある。でも彼女は集中するようにと言う。彼女は手を僕の手の上に置いたままにしている。僕の手を動かすことはまったくしないで、鉛筆が僕の指の間に挟まった状態で握っているだけだ。

「ほら」と彼女は言い、この時点で僕は目を覚ます。僕は部屋の眩しい灯りに目を細くする。自分が泣いていたことに気がつく。涙が顔を、普通とは違って目から耳の方へ伝っている。八階の灯りはまだ点いている。僕は二、三秒目を閉じてから再び開けてみる。灯りはまだ消えていない。

ついにそれが消える時には、僕はもうここにいないかもしれない。あるいはいるかも。

もうどうでもいいのだ。

勝者たち

Winners

その電話を取ったのはシャーリーだった。彼女はその時書斎（誰かが真面目にそこで勉強するわけではないが、彼女の夫がそう呼んでいたのだ）にいて、衣類を畳んでいた。畳んだものを重ねた。ズボン（光沢のあるポリエステルのものだからせっかく重ねても滑り落ちてばかりいる）、ブラウス、パンティ、スカート、ブリーフ。彼女は夫のブリーフの中には前の部分が出っ張っているのがあることに気がついた。押して平らに戻そうとしてみたが、もう生地がそうなってしまっていた。子供が父親の傷に手を当てるように、彼女は変形した木綿地を触った。彼女は小さく笑ったが、電話が鳴ったのはその時だった。

「もしもし？」彼女は言った。

「もしもし、リー・スウィ・リンさんですか？　こんにちは、こちらはイーストライオン・マーケティングでございますが、お宅の番号が抽選で当選になりました。こちらまで取りにおいで戴けましたら、二人分の航空券をご用意させて戴いております。お仕事中でらっしゃいますか？」女の声で、早口だった。

「いいえ」とシャーリーは答えた。「すいません、ちょっと待っててくださいませんか？　待ってて」知らない人と英語で喋るのは苦手だった。シャーリーという名前も、店員をしていた時に自分で付けたものだ。店が名札を作る時に、その名前にしてもらったのだった。「シャーリーが私の洗礼名なの」と彼女はみんなに言った。ちょっと考えて、自分はクリスチャンではないから、それはおかしいと気がついた。彼女は自分の宗教が何かわからなかった。不信心で祈ることもあまりしない。他にすることがたくさんあるのだ。病気になっても、祖母のことを思い、子供の頃のことを思うだけだった。シャーリーというのは単なる英語名に過ぎない。「エーゴの名前がいいよ」と店員仲間が言った、「名札には。一語だから、お客が観光客なら気軽に名前で呼んでくれるよ」彼女は、白いブラウスの上に着る赤いベストに名札を付けていた時でも、これまで誰も自分を名前で呼んでくれたことはなかったことを考えていた。彼女は「おねえさん」か、でなければ客たちは声を掛けることを避けたのだった。

シャーリーは寝室へ行った。夫はニンテンドーのゲーム機で『スーパーマリオブラザーズ』をやっていた。画面がゴロゴロ、キュンキュンという音を立てていた。寝室にテレビが置いてあり、シャーリーは『黄金の女たち』〔マイアミの一軒の家で共同生活をする四人の老婦人を中心に繰り広げられるアメリカの連続ホームコメディ」をよく一緒に観たことを思い出した。

「エドワード！」彼女は声を掛けた。

「誰？」画面から目を離さずに彼は尋ねた。

「大変よ！　私たち何かに当たったって、電話の女の人が」

「僕に代わってくれって？」

「あなたが出てよ」

「お前がやれよ……手が離せないんだから」

「どう言ったらいいかわからないんだもの」

「なんて言っていいかわからないのか？」

「どう言ったらいいかわからないのよ」

「英語でどう言ったらいいかわからないんだな」

「そう」

エドワードはゲーム機のボタンを押すと画面はフリーズした。受話器をシャーリーの手から取った。シャーリーがちらと画面を見てみると、髭面の小男がマンホールの上で短い足をばたつかせながら空中に止まっていた。彼女は「落ちないで。落ちないで。そのままでいて」と自分が願っていることに気がついた。エドワードは部屋から出て行った。彼の癖だ。電話で話しながら家の中を歩き回るのが好きで、ひと所に落ち着いていないで、手放さずにおいた家具の間をぐるぐる回るのだ。シャーリーはもう一度テレビの画面とゲーム機とに目をやった。ボタンを押して、マンホールかそれとも男の人自体を消せるかどうか見てみたかった。エドワードが一度ゲームのやり方を教えてくれたことがあって、画面の登場人物がくるくる回転する硬貨にぶつかり、調子のよい音と共に二つとも消えてしまうのに笑ったことを思い出した。

部屋に戻って来た時、エドワードは顔をしかめていた。家には他に誰もいないのだからその必要はないのに、彼は小声で言った。

「大変だよ」彼は言った。

「何が?」

「俺たち、何か当たったらしい」

「何が?」

しかめ面は消えていて、シャーリーはその下に笑みを見た。

「旅行に行きたいっていつも思ってただろ?」とエドワードが訊いた。

シャーリーは半信半疑で夫を見た。彼の目を読もうとした。その中には子供っぽく舞い上がっていることが見て取れるだけだった。彼女は息を吸い込んだ。八年間の結婚生活で彼女が学んだことは、舞い上がってもかまわない、但しどちらか一方だけなら、ということだった。二人ともがそれをやると、失望の車輪が回り始めることになる。

「話して」シャーリーは言った。

「電話の女は連絡先を教えてくれた。土曜日に事務所に行けば、チケットが二枚用意されてる。事務所に行くだけでいい。電話帳の全部の番号の中からうちの番号を選んだんだ」

「どこへ行けるの?」シャーリーは尋ねた。

「ヒントを出そう」

「エドワード、私、当てるのは苦手なの知ってるでしょ?」

「いいから。シドニー・オペラ・ハウスはどこにあるでしょう?」

「教えてよ」

「オーストラリアへ行けるんだ!」

シャーリーは黙っていた。「確かなの?」と訊きたかったが、するべき質問ではないと考えた。そう、何も訊いてはいけないのだ。

「オーストラリアはいいわね」彼女は言った。

「うん」エドワードが答えた。

「同じ言葉でいけるわ。あっちではみんな英語喋ってるんでしょ？」

「そうだよ。それに往復航空券だ」とエドワードが言った。「カメラを手放さないでよかった。君は売ろうと言ったんだぜ」

シャーリーはもっと訊きたいことがあったが、口に出さずにいた。なぜ私たち？　なぜ今？　なぜたった一本の電話がすべてを変えてしまうの？

「エドワード、ゲームはどうするの？」

「ゲームって？」

「ニンテンドーの」

「切っとけ」

「わかった」

シャーリーはテレビを消して、鏡台へ行った。指にクリームをつけ両頬に擦りこんだ。エドワードはじっと彼女を見ていた。言いたいことがたくさんあったが、灯りを消してから言うのが一番だとわかっていた。

暗がりの中で、エドワードはシャーリーににじり寄って、Tシャツの下に手を這わせた。妻の胴の温かさが感じられた。ふいに、シャーリーが咳払いするのを聞いた。出端を挫かれたというわけではないが、彼は手を引っ込めて、代わりに彼女の肩に置いておくことにした。妻の肩の流れに沿って手を当て愛撫した。肩を優しく掴んでみたが、その時にはシャーリーはもう眠った振りをしていた。

「何かが当たったんだよ、シャーリー」彼は言った。

シャーリーは夢を見ていた。その夢の中で彼女は店員だった。ある日の昼下がり、彼女は白人女性の相手をしていた。金縁の大きなサングラスをかけて彼女を何度も「おねえさん」と呼ぶ人だ。その女の人はゆったりしたバティックの服を着て、腰のところで紐を結んでいた。

交代時間で、シャーリーは更衣室にいた。ドリーンがやって来て、店長がシャーリーに来るように言っていると告げた。彼女は狭い廊下を店長室へ向かいながら、なぜだろうと思っていた。誰かが苦情を言って来たのだろうか。自分のことを「おねえさん」と呼んだのだから、あの白人女性のはずはない。それともそうかも。人はわからないものだから。店長室のドアをノックした時、彼女はまだ制服を着ていた。彼女は一本の指の節でノックした。

「入って、シャーリー」店長の声がした。

店長は彼女を巨大で豪華な椅子の一つに座らせた。彼女は肘掛けに自分の肘を載せられるかと思ったが、そうしてみると、自分がひどく小さく感じられた。

「シャーリー、ここのみんなの仕事ぶりをモニターしているのを知ってるね？」

「はい」

店長は十一年間靴を売り続けるのに使ってきたその声で話していた。ＴやＳの子音を強く発音していた。机の上に前かがみになり、両手を組み合わせていた。

「手短に言えばだね、君がレジ担当の時にお金を盗んでいたというカメラの証拠があるんだ」

シャーリーは息が苦しくなってきた。

「必ず返します」と彼女は言った。

「でもなぜ盗ったんだい？　困ってるのだったら、僕たちの誰かにそう言ってくれてもよかったのに」

シャーリーは手を膝の上に落とした。あの白人女性には本当にじょうずに応対した、と彼女は思っていた。二足買ってくれたし、友達を連れて来ると約束してくれたのだ。

「シャーリー」店長は言った。「黙ってる時じゃないよ」

「主人が」と彼女は言った。「事業がうまく行かなくて。私がこの仕事を辞めて手伝うはずだったんです。でもうまく行かなかったんです。お金を持ち逃げした人と連絡が取れなくなって。主人はあちこちからお金を借りて。私の親からまで」

「君、結婚してるの、シャーリー?」

シャーリーは頷いた。

「結婚してないなら、話はもっと簡単なんだけどね。君が返済してくれるとしても、警察には届けなくちゃならないんだよね」

「お願いですから」

「こういうのはどうかな。今晩僕の所へ来てもらって、話し合おう。けっこう重大なことなんだよ、シャーリー。こういうことは大変な結果になることもあるってわかってるだろ? 話がすんだら車で送るから」

店長の家で、シャーリーは一度席を立って手洗いに行った。鏡を見る勇気がなかった。バスタブの縁に腰掛けてバッグから口紅を取り出した。付き具合も気にせずに塗った。何度か塗り重ねた。手洗いから出てくると、枕もとの灯りが点いていて、店長は真っ裸でベッドの上に座っていた。

「シャーリー、まだだ。まず、そこに立って。光が当たるように浴室の戸を開けて。そう。じゃ、服、脱いで」

シャーリーは言われるようにした。横姿を見せろ、腕を組め、深呼吸をして止めろ、前に屈め、頭の後ろで腕を組み髪をまとめてもち上げろ、と言われた。それからベッドに上がるように言われた。彼女は生まれて初めて髭を生やした男にキスした。彼女は手首をつかまれて両手を誘導され、それから握り方を何度か直された。

「旦那のより大きいだろ?」

借金を返してしまうと、彼女は便器に腰を掛けて泣いた。胃が痛かった。彼女の慣れているやり方でやると妊娠するかもしれないからと、店長が別のやり方でやるようにさせたのだ。それから彼は彼女の髪を手綱のようにぐいと後ろに引っ張って、レジスターから全部で幾ら盗ったのか白状しろと怒鳴ったのだった。しばらくして、シャーリーは立ち上がって、浴室の戸棚を開けた。睡眠薬があったら全部飲むつもりだった。でも無かった。代わりに歯ブラシを見つけたので、彼女はそれを便器の中の血の点々とする水に浸けた。しばらく掻き回し、泡立ててもみた。それをし終えた時には、きっぱりと泣くのも終えていた。

夢から覚めた時、シャーリーはベッドが動いているのに気づいた。エドワードは彼女に背を向けており、尻が震えていた。多分、夢精だろう。シャーリーは目を大きく見開いて、自分はなぜ他の人たちのような夢をみないのかと思った。普通は目を覚まして手探りで現実へ戻ると、「あれは決して起こらなかったんだ」と自分に言い聞かせることができる。「どうしてあんなことになってしまったんだろう」ではなくて。


土曜日の朝、シャーリーはいつもそう決めている五分より長くシャワーを浴びた。エドワードは浴室の外でおとなしく自分の番を待っていて、シャーリーが出てくると「いい匂いがする」と言った。

「着る物選んでくれよ」と、彼女が服を着たのを見るとエドワードは言った。「近頃、全然やってくれないじゃない」

シャーリーは白いシャツとピンストライプのポリエステルのズボンを選んでやった。共用廊下に出てから、シャーリーはもう一度戻って、アイロンが切ってあるかどうか確かめた。

エドワードは彼女をじっと見て、つくづく自分にはもったいない女だと思った。彼の両親は、大学へ行ってないからとシャーリーには乗り気ではなかった。しかし、彼女にはどこか純朴なところがあって、それがエドワードの心をとらえたのだった。悲しげな笑い方、彼の襟から糸くずを取るとか飛び出た白髪を抜くのを手伝うとかいった小さなことに対する気遣い。それなのに結婚当初の数年間は事業が軌道に乗るまではと子供ができないようにしていたことを、すまなく思っていた。

シャーリーは廊下に出て来た時、手に何かを持っていた。コアラだった。彼女の姉がメルボルンへの家族旅行から帰った時にくれたものだ。三か月前、それは彼らのスバルのバックミラーの横に留めてあった。車を売る前の話だ。

「それ、何するんだい？」エドワードが尋ねた。

シャーリーはそのコアラを人差し指に留めると、風向きを見るかのように指を立てた。それからそれを動かすと、シルエットが空を背景にパントマイムをした。

「幸運を招くためよ」と彼女は言った。

帰り途、二人は二階建てバスの上階に座った。シャーリーはまだコアラを持っていたが、今はフェルトがむき取られてハンドバッグの中だった。コアラの中にはプラスチックの洗濯ばさみが入っていた。彼女はつい調子に乗ってしまっていたのだった。彼らが事務所に着いてみると、ものすごく大勢の人がいた。夫婦者もいたし、子供連れで一家総出のもいた。

「エドワード、私たちは何等?」と彼女は夫に訊いた。

「なんのこと?」

「一等? 二等? 何等?」

「何も聞いてないよ」

席に着いた時、エドワードはシャーリーの手をぎゅっと握っていた。彼らの横にはインド系の家族がいた。インド系の父親は、当選を知ったのは郵便でか電話でかとエドワードに尋ねた。エドワードがそれに答えると、父親は、「わたしらもそうです。でも娘のポケットベルの番号でしてね。でも娘がその電話を私に回してくれまして。航空券は二枚しかもらえないということですが、どう手続きするのか、いつの便かとか知りたくてね。家族全員で行きたいんですよ。もしかしたら切符を安く譲ってくれる人がいるかとか、後でわかるかと思いましてね」

その時エドワードは自分のは絶対手放さないと考えていた。もう妻にがっかりさせたくないのだ。主催者がマイクのところへ行くとみんなに向かって話しかけた。会場は和気藹々とした雰囲気で、主催者が出席者のことを「運のいい御家族」と言うと、人々は大喜びで拍手をした。それからオーストラリアの不動産への投資に関するスライドショーになった。司会者は「あくまで任意です」と言い続けた。客は六千ドルから一万ドルの間ならいくらでも投資することができた。十分後、エドワードは自分が航空券を手にすることはないと気がついた。話が終わると、エドワードは接待場でフルーツタルトを紙皿に山盛りに取った。シャーリーはどれにも手を付けることを拒んだ。事実、ほどなく彼女はそこを出て行き、エドワードはコーヒーは諦めなければならなかった。やっと彼女に追いついた時、彼はコアラの載ったパンフレットを手渡した。〈オーストラリア――魔法の始まるところ〉とあった。「二、三年のうちに、多分ね」と彼は言い、「私の残り時間はそんなにないわ」とシャーリーは答えた。それから彼女は黙り込み、バスに乗っている間ずっとそのままだった。

家の戸口に着いた時、シャーリーはアイロンをつけっ放しにしておけばよかったと思った。自分たちのみたいな家は燃えてしまうようにだ。虚ろで、壁には失敗が画廊の絵のように飾ってある。どの絵も自分を疑うということがなく妻をすごく愛している夫の肖像画だ。夫がこうだと、妻は盲目的に信頼することしかできなくなってしまう。

居間に入ると、シャーリーは何か囁いた。興奮とか希望とか何も秘めてはいない囁き、他のすべてが剥き出しにされてしまった時に唯一残された囁きだった。

「エドワード、あんまりよ」

夜、夫婦は順番に歯を磨いた。エドワードはパジャマを着ていて、妻に目がいく度に、「すまない」と心の中で何かが呟いた。「すまない」という言葉の一つ一つが、いつか良い機会にシャーリーにやろうと取っておいた一輪の花から一枚一枚むしられた花びらのように感じられた。次の日、彼は再び求人広告を見始めた。毎日、景気の停滞、後退、人員削減の話ばかりだった。彼は履歴書を書き直すことにした。書き直す必要のあることは大してないかもしれないが、体裁を変える、違ったフォントを使ってみるのだ。それをするには、兄のうちのパソコンを借りなければならない。だしぬけに、エドワードは太腿にシャーリーの手を感じた。気づく間もなく、パジャマのズボンが膝まで下ろされていた。シャーリーは服を脱いでいるところだった。彼女はエドワードに向かって微笑み、そして言った、「やろ」

「何したいんだ?」とエドワードは訊き、彼女は答えた「子供をつくろ」

このセックスについては、シャーリーは大騒ぎだった。長いことしなかったことだった。卑猥なことを言ったり、笑ってのけぞったかと思うとうめき出した。目がとろんとして虹彩が見えない時もあった。エドワードがついに彼女の中に入ると、彼女はくしゃくしゃの枕の上で右に左に頭を動かしたが、その時彼女はマンホールの上に宙吊りになったテレビゲームの画面のあの小男のことを考えていた。その赤い手袋の拳（右）、団子鼻（左）、口髭（右）。そして彼女は脚をエドワードに巻きつけた。手を伸ばして夫の脊椎の小さい関節に触れた。夫が行為中、彼女は死に物狂いで彼にしがみつき、馬鹿げた考えが心を過ぎったのでほとんど涙を絞り出さんばかりだった。自分はあのパンフレットの中のコアラ、洗濯ばさみが肋骨代わりのコアラ、あの虚しさを抱いたコアラなのだ。

個　室

Cubicle

ミシェルは「すっきり」したかっただけだ。それでヒーレン・ビルの婦人用トイレに入って行き、メイ・リンが付いて来たのだ。二人は扉を押し開ける時、清掃員とすれ違った。彼女は淡いグリーンの制服を着て、チェックのスカーフを額に結んで被っていた。制服のポケットに筆記体で〈スプリング・リーフ〉とあった。モップを絞るためのプラスチック製網籠のついた桶を提げていた。メイ・リンは彼女のために扉を押さえてやり、彼女は広東語で何か言ってもぞもぞと出て行った。桶の汚い水の中でモップの柄が時計回りに回っていた。

「彼女なんて言ったの？」メイ・リンがミシェルに尋ねた。

「ありがとうって言ったのよ」

「それだけ？　もっとなにか言ってたじゃない」

「ここらで見かける若い人たちとは違うねって」

メイ・リンは肩を竦め、ミシェルに付いてトイレに入った。

「私、違う」メイ・リンが言った。疑問形で言いたかったのだが、違ったふうに出てきてしまった。うぬぼれているように聞こえた。

小用を足したかったのはミシェルだった。メイ・リンは大丈夫だったので、洗面台と鏡のあたりにいてジェルを濡らし直し前髪を逆毛立てた。右耳に銀のスタッド・タイプのイヤリングを二つ、左耳に輪っかのを一つ付けていた。髪を角だてていて、首の後ろでは刺立っていた。彼女は太いフレームの青い眼鏡、〈ハード・ロック・カフェ・トウキョウ〉と描いたTシャツ、カーゴパンツのいでたちだった。ポケットの一つにライターが入っていた。メイ・リンは煙草を吸わなかったが、ライターを持っているとヤバイ気分がしたからだ。とにかく、退屈したらそいつをシュッとやって炎を出し、自分に催眠術をかけるみたいにじっと見つめる。炎の芯を見つめると癒されるのだ。時には人から告白を引き出すことができる。キャンプファイアをするのはそのためで、暖を取るためではない。炎の中にいろいろなものが見える。枝がぱちぱちはぜ、木の葉が燻り、そこに在る壊滅の中に人は自分自身についての幻想が萎えるのを見るのだ。

ミシェルが長くかかっているので、メイ・リンはいらいらし出した。「まだ？　ミシェル」とメイ・リンが大きな声で言った。返事がない。メイ・リンはもう一度鏡の中の自分を見た。深い大きな溜め息をつくと、両手を横ポケットに滑り込ませた。それからミシェルの入っている個室へ向かった。戸は半開きだった。「ミシェル」ともう一度彼女は呼んだ。そして戸を押し開けた。

「なんでそんなに長くかかってるのさ」

ミシェルは振り返った。彼女は髪の毛を解いており、それが両肩に掛かっていた。左側の髪を耳の後ろに掛けていた。バナナのイヤリングをしていた。

「終わった？」

しかしミシェルは答えなかった。とうとうメイ・リンが個室に入った。そして後ろ手に戸の鍵を掛けた。

「まだ終わってないよ」とミシェルは答えて、微笑んだ。

二人の少女がしたことは、次に起こることを個室の中で待つことだった。個室に入ってそれを認めさえすればよかった。洗った跡の付いた壁、つや消しタイル、便器で二分された空間、肌に温かい輝きを与えるハロゲン天井灯の下で。何も計画していたわけではなかった。個室と微かな消毒剤の匂いのせいで、二人はどれほどお互いの味を恋しく思っているかに気がついたのだった。

三回、彼女たちは大きな動きをしてセンサーを作動させてしまい、水が激しく便器に流れた。その時を利用して、一人が相手を、鎖骨を、肩を、種痘の痕を噛んで思わず悲鳴を上げさせたが、それは大きな水音に掻き消された。事を終えると、ミシェルはポーチからフェルト・ペンを取り出した。彼女はそれを、個室の仕切りに凭れてにたにた笑っているメイ・リンに手渡した。

「何をしろっての?」メイ・リンが囁き声で訊いた。

「わかんない」ミシェルが答えた。

「で?」

「何か書くのよ」

それでメイ・リンは日付を書いた。〈一九九八年二月六日〉

「あんたってダサい!」とミシェルは言った。

「絵は駄目なんだ」

鏡の前で、二人の少女は、互いに背を向け合って、自分の姿を見た。若い女性が一人トイレに入って来て、二人の後ろの間の空間を占めた。髪を茶色に染めていて、洗面台のカウンターにシャネルのバッグを置いた。コンパクトを取り出すと、鼻と頬とに白粉をはたき始めた。それから細い紙片を取り出したが、それは実は透明で糊のついたものだった。彼女は、刃のカーブした鋏を使って三日月型を切り抜くと、それを剥がして右瞼に貼り付けた。腫れぼったい一重の目が二重に変わった。彼女は眉毛を上げて、頭を右に左に向けた。彼女が口を懸命に大きく開けて念入りに左目を二重瞼にしている時には、両側にいた二人の少女は髪を直し終わっていた。

ミシェルがメイ・リンに尋ねた。「Tシャツちゃんと着てる?」

「え?」メイ・リンは訊き返した。

「この前やった時、タグが前に来てた。後ろ前に着てたよ」

「どうでもいいじゃん」

間にいた女性は体を強張らせて、自分と一緒にトイレを使っている二人をちらちらと盗み見た。彼女はマスカラの蓋を閉じた。ミシェルはその時にはもう髪の毛を一振りしてきちんと縛っており、笑った。愉快気にバナナのイヤリングが揺れた。彼女はその笑い方を練習して来たのだった。すれっからしの笑いで、それは出て行きながらスカートの裾を引っ張っている女性を不安にしたが、それ以上にメイ・リンを怖がらせることをミシェルは知っていた。

突然ミシェルが言った。「メイ・リン」

「何?」

「あんた、コンシーラーが要るよ」

「要らないよ。メークは要らない」

「私の貸したげる」

「いいよ」

「自分によく訊いてごらんよ、メイ・リン」とミシェルは続けた。そして頭を横に振った。


自分の部屋でメイ・リンは電話を手にベッドに寝転んでいた。傍には縫いぐるみを置いた棚があった。そのうちの一つは、ミシェルが誕生日に買ってくれた犬の縫いぐるみだった。片方の目の周りが黒くて、赤い透明のプラスチックのタグが付いた首輪をしていた。二人が同じクラスだった中等学校の時のことだ。その頃でも二人は単なる友達だった。今でもそうだ。ミシェルが何かを求める時、メイ・リンは友達らしくそれを与えるというだけのことだ。そしてそれには公衆トイレの個室でのことも含まれる。

「何がいけないのかわかんない」ミシェルがメイ・リンに言った。

「わかってるくせに」とメイ・リンが言い返した。

「彼女、すごくよくしてくれたんだよ」

「彼女はストレートだよ」

「わかってる……でもさ、昨日、晩御飯を食べに行ったのよ。ボート・キー〔小洒落た飲食店が並ぶシンガポール川右岸の地区〕の店。彼女は全部払ってくれて、私がそれはだめと言うと、気にしないで、私にお金を遣いたいって彼女は言った」

「その男の子の名前はなんだったっけ？　彼女が好きだっていう」メイ・リンは尋ねた。

ミシェルの声は冷ややかだった。「マイケル」と彼女は言った。

「どんな男？」

「やな奴よ。彼女に対してひどいの。自分が掛けたければ電話を掛けてくる。掛けたくなければ掛けてこない。そんな奴、彼女は要らないよ。とにかく、彼女のような人は奴にはもったいない。自分がジュニア・カレッジの学生だからえらいと思って。運転できるからどうだってのよ」

「彼女、彼とどのくらい付き合ってるの」

「知らない。パーティで会ったんだって。それで何したと思う？　わかるでしょ。信じらんないよ、男のを……」

「オェッ。止めてよ」

「ほんとよ。そんなの見たら卒倒するよ」

メイ・リンは笑った。

「私なら見たら笑い出すよ」とメイ・リンが言った。「あんなもの付けてよく歩き回れるもんだ」

「もういいよ」とミシェル。「とにかく、やった後、彼女はそれが本物の愛だと思ったのよ。笑えるじゃん。あんた、ニコルがくれた例のやつ持ってる？　あんたが日記に書き写したやつ」

ニコルは二人の共通の友達で、〈シスター〉だった。二十代後半で、法律事務所に勤めていた。かつてパブでミシェルに近づいて、話しかけてきたのだった。ミシェルが十八だとわかると、「私、まだズロースを穿いてるようなのとはやらないの。私の主義よ」と言った。でも二人は友達になり、彼女はメイ・リンに紹介された。それ以来、彼女は、アドバイスをしてくれたり晩御飯に日本料理を奢ってくれる、二人にとっての師みたいになっていた。彼女はまた、ミシェルに「潜在能力」がありそうだといって、「その気にさせる」名人芸のコツを教えた。「あなたが歩くその地面にひれ伏させなさい。その上でしたい放題してやるのよ」メイ・リンは取り立てて男好きがするとは思わなかったので、彼女にはコツを教えるのに熱心ではなかった。メイ・リンは男っぽいので、その分「その気にさせる」潜在能力に限界があるのだ。ニコルは気の利いたことをよく言うので、彼女が何か面白いことを言った時には、ミシェルはメイ・リンに手帳に書き取るように言うのだった。無論、ミシェルは彼女らしくそれを「日記」と呼んでいた。

メイ・リンはベッドの脇のテーブルから手帳を取った。ページの間には、写真（チャンギ空港で撮ったもののうちの一枚で、ロナルド・マクドナルドの像の傍のもの）や、出さずじまいの手紙の下書きの書きかけや、ハート型に折ったバスの切符や、折鶴などが挟んであった。彼女は黄色い紙のページを開いた。黄色い紙のページはミニ・ニコル日誌なのだ。

「どれがいいの？」メイ・リンは尋ねた。

「セックスと窓のやつ」

「ああ」と、メイ・リンは既にその言葉の書かれたページを見ていた。彼女は声を出してそれを読んだが、「すきま風」を言い間違えた。「セックスする時は、相手にあなたの中の窓を開けさせてはならない。かんぬきを掛けて鍵を呑み込んでしまいなさい。彼女に見つけられないように。彼女が窓を開けたら、彼女がいない時に、あなたの部屋にすきな風が吹くことになるから」

「響きが好きなのよ」とミシェルが言った。

「ニコルは頭がいい」とメイ・リン。「たくさん読んでるし。それにすごく綺麗。なのにどうしてガールフレンドがいないんだろ」

「さあ、私も頭が良くて綺麗。ガールフレンドがいない」
二、三か月前ならメイ・リンはミシェルの言うことに同意しただろう。でも今はミシェルにそんなことを言わせておいていいとは思っていなかった。
「あのさ、もっと綺麗な女の子はたくさんいるよ。思い上がるんじゃない、あんたのためにならないよ」

「そうだね、アンジェラみたいにね」ミシェルが答えた。

「あんたとあんたのアンジェラ。アホらし」

「アンジェラ、アンジェラ、アンジェラ」とミシェル。

それが何を意味するかメイ・リンにはわかっていた。ミシェルがある人物の名前を三回口にしたら、それは彼女がその人物が好きだということなのだ。名前を呼ぶことは痺れるような経文なのだ。まだその人を我が物にするにいたっていなくても、少なくとも名前を舌に載せて三拍子のワルツで転がすことができる。

「メイ・リン、メイ・リン……」と言っていた時もあった。それから、ミシェルは、自分が何をしようとしていたか気がついたみたいに言った。「やめてよ」彼女は笑い、一緒になってメイ・リンも笑った。

「彼女がわかってくれさえしたらねぇ」ミシェルは呻いた。

「どんなに一所懸命やってもわからない人はいるんだよ」とメイ・リンは彼女に言った。

「アンジェラはそんなんじゃないよ」

「どうしてわかるのさ」

「請合うよ。すごく親しいんだもん」ミシェルが答えた。

「でも物足りないんだろ」メイ・リンが言い返した。

ミシェルは受話器を置いた。


次の日、二人はまたＨＭＶレコード店へ行った。最初メイ・リンはＨＭＶが「彼のご主人様の声〔His Master's Voice〕」という意味だとは知らなくて、「女王陛下のワギナ〔Her Majesty's Vagina〕」のことだとミシェルが言った時、ショックを受けたのだった。試験が終わって、二人は休暇が始まるのを待っていた。高等専門学校の学生たちはみんなうずうずしてきており、その待ち切れなさを放課後にオーチャード通りをうろつくことで表していた。

ミシェルはブルーと白の絞り染めのサック・ドレスを着ており、メイ・リンはいつものTシャツにパンツのスタイルだった。ミシェルはイチゴのイヤリングをしていた。ミシェルはニーナ・シモンのCDを買い、メイ・リンはヴァネッサ・メイ〔シンガポール出身のヴァイオリニスト。クラシックとポップスの垣根を越えて活躍〕のを買った。

「ニーナ・シモンの声ってほんと低いね」ミシェルがメイ・リンに言った。

「ほんと?」メイ・リンが訊いた。

「すごく低い……好きよ」とミシェル。

CDの代金を払ってから、二人はトイレへ行った。メイ・リンは、前の晩ミシェルが電話を掛けてきてアンジェラのことで不満を言っていたので、やることになりそうだと半分予想していた。いつもそういうことになるのだ。ミシェルは、アンジェラから得られないものを、あとでメイ・リンから次善のものとして手に入れる。いつだってメイ・リンは彼女の傷を舐めてやるのだ。そんな次第で、二人の少女は隅の個室に閉じこもって、お互いの衣服を脱がし始めた。どういうふうにしてそんなに大胆になったのか二人ともわからなかった。しかし、二人の女が公共の場で不適当な振る舞いをしてはいけないという法律〔英国のヴィクトリア朝的道徳観に基いた、植民地統治の残滓刑法三七七(A)により、男性間の性行為は禁止されており、二年間の禁固刑に処せられうる〕はないとミシェルはどこかで読んだことがある。女王陛下は女二人がお互いに何を求め合っているかなんて想像もおできにならない。HMVの意味をミシェルが冗談めかしてメイ・リンに説明したことを考えれば、HMVのトイレがこんなふうに二人の逢瀬によく使われることにはほとんど詩的な意義がある。

事が済むと、メイ・リンはミシェルをぎこちなく抱きしめた。

「ミシェル、私のこと、愛してる?」出し抜けに彼女は尋ねた。

ミシェルは黙っていた。

「ミシェル」と、カタツムリのようにデリケートな彼女の肩の螺旋をなぞりながら、メイ・リンはもう一度尋ねた。「一緒になれるよね? なんで一緒になれないんだろ」

ミシェルは頭を離すと、メイ・リンを見た。

「メイ・リン、あんたは私のタイプじゃないってことわかってるでしょ」

「だったら、なんでこんなことするの?」

ミシェルは微笑んだ。

「わかんない、メイ・リン。でも、あんた、好きなんでしょ？　止めて欲しくないんでしょ？　別れたくないんでしょ？」

「じゃ、あんたのタイプってなんなの？　アンジェラ？」

「そうよ。彼女、綺麗だと思わない？　あんたも彼女が欲しいと思うでしょ？」

メイ・リンは頷いた。

「でも、やめとくのよ」とミシェル。「私たち、友達のはずよ。友達は同じ人に手を出したりしないもんよ」

「彼女はストレートよ、ミシェル」メイ・リンは言った。その声は弱く、打ちひしがれたようになっていった。

ミシェルは前のめりになって自分の片頬をメイ・リンの口に寄せた。メイ・リンはそれにキスすると、自分の鼻を押し付け、深く息を吸って頬紅の粉っぽい匂いを嗅いだ。ミシェルは体を離して自分の親友をじっと見た。

「あんた、やっぱりコンシーラーが要るわ」

だが彼女のその言い方は優しかった。メイ・リンは寒気を、一千の窓が開いた家の中の埃を掻きたてるすきま風を、感じた。だが戸はないのだ。

「どうしたのよ?」ミシェルが訊いた。

「出よう」

ミシェルはメイ・リンに付いてトイレを出、やがてレコード店を出た。夜気は丁度通り過ぎた雨の匂いを孕んでいた。二人の少女は萎びた植物の近くの場所に陣取った。彼女たちの丁度反対側に、数名のウェイターがエプロンを着けたまま一服していた。しかし彼らは、口に煙草をくわえてみて、誰もライターを持っていないことに気がついた。

「お嬢さん」とその中の一人、左耳にイヤリングをしたマレー系のウェイターが、メイ・リンに近づいた。「ライター持ってない?」

メイ・リンは透明な薄紫色のライターをウェイターに渡した。

「ありがと」彼は言った。

「あげるよ」メイ・リンが答えた。

「いや、いいよ」

「私、吸わないから」と彼女は彼に言った。彼女が言わなかったのは、そのライターはもう必要ないということだった。目的は果たし終えた。前の晩に、彼女は、何もかも過去のこと、やっかいなことが多すぎる、出直すのだ、と独りごちながら、手帳に火を点けたのだった。その手帳をミシェルが日記と呼んだのは正しいことに彼女は気がつきもした。単なる手帳ならば事態は違っていて、日々の日課がわからなくなり、先の予定がわからなくなり、一時的に人と連絡が取れなくなるだけのことだ。だが彼女が燃やしてしまったのは実は日記であり、だからこそ、彼女は炎が傷んだ革のカバーを舐めるのを見守り、その苦痛は耐えがたかったのだ。

「今、なんだったの？」ミシェルが訊いた。

「あんた、覚えてない？」にっこりしてメイ・リンが訊き返した。

「いや、そうじゃなくて。なんで泣いてたの？」

「ミシェル」、メイ・リンが言った。

「なんで？」

「この前ボート・キーに行った時のこと覚えてる？　プリクラがあったでしょ、例の日本製の機械。一ドル硬貨を五つ入れるとあんたの写真と私の写真を一枚ずつ撮ってくれる。それからコンピューターが二つを合成して、二人の赤ちゃんがどんなのか見せてくれる。私は女の子が欲しかったけどあんたは息子の方がいいと言ったのを思い出した。それで、あんたのいいようにした。あんたにボタンを押させた」

「お金の無駄よ」と、ミシェル。

「あんた、眼鏡を外せって言った。赤ちゃんの目が私に似たら可愛いだろうって。それで二人の写真を撮ったじゃない」

ミシェルはもう聞いていないようだった。彼女は煙の輪に囲まれて煙草を吸っている二人のウェイターを見ていた。一人はしゃがんで連れのマレー系のウェイターを見上げていた。そのマレー系のウェイターは誰かの真似をしていたが、見たところその誰かは背中が曲がっていて片方の腕が激しく震えているらしかった。

「あんたは逃げた、ミシェル」

ミシェルはまだメイ・リンを見なかった。

「印刷する音が聞こえた丁度その時に。機械がお待ち下さいと言ってた、画面が読めなかったの？　待てって言ってたじゃない、私たちの赤ちゃんを印刷してたのに。あんたは笑ってた、狂ってるって言い続けて。狂ってるのはあんたの方だと私思ってた。出来上がったのを見に行かせてくれなかった。私をあの臭いトイレに連れ込んで、やりたいって言った。でも、私はプリクラのあの赤ちゃんのことばかり考えてた」

「やめてよ、単なる紙切れじゃない」ミシェルは言った。

「見ようともしなかったのはどうして？　ちょっと見てみてもよかったじゃない、気に入らなければ燃やせばいい、証拠を全部消せば」

「アンジェラが明日の晩どうかって。行った方がいいと思う？　あんまり乗り気なように思われるのも嫌なんだよね。一緒にいたくてたまんないって印象を与えたくないから。行くべき？」

「あたしの言うこと聞いてる？　不細工な赤ちゃんになると恐れてたわけ？　コンシーラーを使ったらよかったかもね、可愛くみえるように」

「紙切れよ」

「不細工にはならなかったわよ、ミシェル。少なくとも少しはあんたみたいになってたら、不細工にはならない」

ミシェルは向き直って親友を見た。この間ずっと彼女はあの二人のウェイターが既にいなくなった空間を見つめていたのだ。彼女はメイ・リンの肩に手を置いた。

「あんたの心はあるべきところにあるわね」

「どういう意味、ミシェル？」

ミシェルは微笑んだ。

「それどういう意味？　響きがいいからそう言ってるだけ？」

ミシェルはまだ微笑んでいた。それから二人の少女は駅まで歩くことにした。歩きながら、メイ・リンはミシェルを背後からじっと見つめていた。後ろから見ていてよかったと思った。その見つめ方を知ったらミシェルは恐怖を覚えただろうから。そして「ひどい」とメイ・リンは言ったが、その声がひどく硬く切ないものだったので自分でも驚いたのだった。

ミシェルは振り返って彼女をちらと見た。「なんてったの？」

メイ・リンは両手のひらを肘に当てていたので凍えているように見えた。二人の上で、星が辛うじて見えていた。舗道は濡れていて、街灯からこぼれる溶けたような光で滑らかだった。

「何も言ってない」


明くる朝、ミシェルは半狂乱だった。電話口で身も世もなく泣きじゃくっていた。前の晩HMVから戻ると、アンジェラから呼び出しを受けた。ヨーロッパへ行くと言った。ミシェルは落ち込んだ。だが、もっと悪いことが待っていた。マイケルと一緒なのだ。彼の姉が脚を折ったので、代わりに行ってくれる人が必要だというのである。相手の男の名前がとにかくマイケルでなければとミシェルはよく思っていた。同じ名前の男子名と女子名なのだ。

「私たち同じ人物みたいなものよ、あっちが何かをぶら下げてるだけで」と彼女はメイ・リンに言ったことがある。マイケルがスキーを教えてくれる、二人でロンドンのバスに乗る、エッフェル塔の写真を撮ってくる、とアンジェラは言った。アンジェラは、まるでヨーロッパが大きな一つの国で、国境もなく、ハネムーンのメッカであるみたいに言っていた。その時ミシェルは尋ねた。「マイケルとはどうなの?」

「私たちの何が訊きたいの?」

アンジェラは「私たち」という言葉を遣った。ミシェルはすべてが終わろうとしていることを知った。だが彼女はまだ電話を切ることができなかった。その死を見届けなければならないのだ。

「そう。あんたとマイケルのことをよ。彼、まだ誰とでも寝てるの?」

アンジェラは怒ったようだった。「彼が誰とでも寝てたって? そんなこと私知らないわよ。そんなこと彼に訊きたくもないわ。そういうことってプライベートなことだと思わない? 大事なのは、ここを離れて三週間彼と一緒に過ごすということよ。すごいでしょ。マイケルと二人っきり、外国で三週間」それからアンジェラは守勢になった。「とにかく、あなたも誰とでも寝てるでしょ。バーで拾う綺麗な女の子たちとの出会いのことを、あなたいつも私に言ってるじゃない。でも私しつこく尋ねたりしないでしょ」

「じゃ、あなたとマイケルはとうとう恋人同士ってわけね」

「そうなればと願ってるわ」

「幸せなんでしょ」

「ミシェル、あなたが今ここにいたら、あなたの手をぎゅっと握るわ。旅行がとても楽しみなの」

しかしミシェルはそのぎゅっというのを既に感じており、それは手のあたりなんかではなかった。胸のあたりのどこかだった。その時点で、彼女はさよならを言わずに受話器を置くことに決めたのだった。彼女は本能的にメイ・リンにダイヤルした。

「おしまいよ」と彼女は話し始めた。

「わかってる」メイ・リンは答えた。「ずっと前に終わってたんだよ、ミシェル。始まってなんかなかったんだよ。何も始まってなかった」

「わたしのどこが悪いの、メイ・リン」

「どこも悪くないよ」

「じゃ、どうしてうまく行かなかったの?」

「よくわからない、ミシェル」

「タイミングが悪かった」とミシェルは続けた。「タイミングがまるで悪かったのよ」

「そうだね、タイミングが悪かった」メイ・リンが続けた。「その言い方がいいなら、そういうことにしとけば。タイミングが悪かった」

「メイ・リン、私、今、途方に暮れてる。もうどうしていいかわかんない。明日、会ってくれる？　ＨＭＶで。ＣＤ買わなくていいよ。どうせ私、金欠。誰かに抱きしめてもらいたいだけ。今、ちょっと優しくしてもらいたいだけなの」

「いいよ、ミシェル」受話器を置くと、メイ・リンは溜め息をついたが、それは微笑に変わった。ずっとこの日を待っていたのだった。何をするべきか正確にわかっていた。思い焦がれるばかりの鬱々とした時間に、頭の中ですっかり予行演習していたのだ。明日、二人は愛し合うのだ。初めて、二人の上に恐ろしい天使のようにアンジェラの影が現れることなく。というか、ミシェルのとらえ方では、嫉妬深い天使、二人の少女が抱き合うのをじっと見ながら確実に意志が砕けていき、最終的には背を向けて、羽をばたばたいわせながら周りのすべてを破壊して逃げ出すことに決めた奴。ヨーロッパへと。

翌朝、メイ・リンはまだ寝ている兄の部屋に忍び込んで、彼のアラミスを両手首に振りかけた。この上なく自信が湧いてきた。ミシェルと彼女は、その日は学校をサボってＨＭＶで会うことにした。会うと、ミシェルが言った。「今日は、匂いが違うわね」

メイ・リンはただ微笑んだだけで、ＣＤを少し見ると、二人はトイレへと向かった。今回は、初めて、メイ・リンが先に立った。それほど自信に溢れていて、ミシェルの思わせぶりな誘惑シーンは必要なかったのだ。彼女が主導権を握っていた。トイレで、メイ・リンは洗面台の前で少し立ち止まって、ミシェルに個室を選ばせた。メイ・リンは笑った。まるで五つ星のハネムーンスイートを選んでいるみたいだったのだ。ミシェルは前より大胆になっているようで、いつもの隅の個室ではなく入り口に近い個室を選んだ。

メイ・リンは自分を鏡に映してみた。髪はきちんとしていたし、いい匂いがして、肌も期待でほんのり赤みが差して素敵だった。眼鏡も何かしら可愛かった。その時、突然、あるひらめきが眼鏡をかすめ、「多分、コンシーラーが要る」と思った。

それでも、メイ・リンは一番端の個室へ歩いて行った。トイレに来るのにいい時間を選んだものだ。平日の朝なので、買い物客は多くなかった。彼女が鍵の掛かっていない戸を開けると、ミシェルが微笑んでいた。ミシェルは彼女に頷いてみせたが、それを見てメイ・リンは突然、それが誘いの合図ではなく許可にすぎないことを悟った。そして、メイ・リンはその個室へ入って、あたかも段階ごとの指示が壁に書いてあるかのように一連の動きをやることになるのだ。

微笑。初めは恥ずかしそうに。はにかむのは大切。心にもないのにその気がないことを表すため。

信じられないといったように二人は互いを見つめる。これが起こっているなんて二人とも信じられないのだ。メイ・リンにとっては、ミシェルみたいに綺麗な人が自分とやりたいと思ってくれることが。ミシェルにとっては、ここまで自分を低くして、器量よしでないことを頑固に託っている友達と悦びのないセックスをすることが。どちらもそんなことが起こっているとは信じられないのだが、起こっているのだ。二枚の舌がぶつかり合い、胸が合わされ、指の爪でみみず腫れができ、舐め合い（わたしの唾液の酸っぱい臭いをどれほど我慢できる？）、噛み傷ができ、欲望に痛めつけられた二人の人間は数え切れないほどの目に見えぬ傷を残すのだ。

結局、すべてはもとのままであることだろう。彼女たちは、何の痕跡も残さずお互いの体を通り過ぎてゆく訪問者に過ぎなかった。壁を通り抜ける幽霊みたいに、お互いを通り抜けて行ったのだ。

　メイ・リンは個室に入って行った。下を見ると、床は濡れ跡だらけ、トイレットペーパーホルダーは煙草の焦げ跡だらけで、薄っぺらで役立たずのバンドエイドを破り取った救急箱みたいだった。そしてメイ・リンは、かつて自分の夢の住人だった少女に目をくれることなく出て行った。多分、それが問題だったのだ。多分、それだから、二人の関係のすべてが一つの夢、溜め息と個室の壁にぎこちなく舞う奇妙な影とが繰り広げる虚しいパントマイムのように思われたのだ。

「外で待ってる、ミシェル。済んだら、外で私を探して」彼女は鏡の前に歩いて行き、眼鏡を外した。顔を洗い、鏡に向かって目をぱちぱちさせた。「私、何やってんだろ？」と問うたつもりだったが、その鏡像は彼女を無表情に見返すばかりだった。

　それから水を流す音が聞こえた。一回目だった。それからまた聞こえた。個室からの四回目の激しい水音を聞いてから、メイ・リンはトイレを出ることにした。振り返った時、〈婦人用〉の標示――丸禿、太短い腕、試験管みたいな脚の人形《ひとがた》が目に入った。彼女はそれを凝視し、ドアがひとりでに閉じる際、腰の所で出っ張った鋭い三角形――ロケット尾翼骨盤みたいな――は、スカートを表しているつもりなのだと思った。

傘

Umbrella

本当のところ、僕は勉強が苦手だ。今年、二回目の通常レベル試験〔この共通試験に受かればジュニア・カレッジや高等専門学校などへ進むことができる〕のための勉強をしてる。実は僕のクラスの半分が通常レベル試験をやり直してる。だからある意味で僕だけが悪いわけじゃない。そりゃ、たまにサッカーをするし、時々授業中に教科書に落書きをするけど、僕は怠け者じゃない。勉強がどんなに大切かはわかってる。修了証をもらって仕事に就いてアパートから出てお母さんに宝石を買ってあげないといけない、なんてことも全部わかってる。でも、先生が何かわけのわからないことを言ってる時には教科書に落書きをするのだ。しばらくして顔を上げて、黒板に書いてあるのは一体どういうことなんだと思う。色チョークの下線は一体全体何のためなんだろうって。

初めは鉛筆で描いていたが、しばらくして代わりにペンを使うようになった。「どうせこの教科書を使うのは僕だけなんだから」と思ってた。通常レベル五年生用の本で、僕の家族はみんな、今年初等学校卒業試験を受ける弟が快速コース〔四年間の中等教育では特選コース、快速コース、通常コースに分かれる〕へ行けるかもしれないと期待してるのを、僕は知っていた。弟は僕の教科書なんか要らないだろう。スケッチがあちこちにある。先生たちのがあり、悪魔みたいに角を生やして舌を出している。夕陽を背にしたココナツ林のスケッチもある。僕にただ一つ得意だとわかっていることがあるとしたら、ココナツ林を描くことだ。時々気が向けば木の傍に小屋を描いた。沈む太陽を背景に飛ぶ鳥も。一方、表紙の内側には〈セントサ〔シンガポール本島のすぐ南に位置する観光島〕のコンサートに行く?〉とか〈ボーイ・バンドは最低!〉なんて書いてある。

もう一つの問題は、前の年、僕らの数学教師がたった二か月で辞めたことだ。代替教員だった。すぐわかった。教室に入って来るなり「さあ、みんな、進度が遅れてるからね」と言う。大学を出たばかり。それもすぐわかった。シャツが真新しくて、新しい仕事のためにわざわざ買ったみたい。黒い革のローファー・シューズを穿いて、髪をきっちり分けていた。でも、どういうわけか押さえつけられない髪の毛がちょっとあって、後頭部から手に負えない雑草みたいに立っていた。

とにかく、教え方がヘタクソだった。他に言い表しようがない。黒板に何かちょこちょこっと書いて、僕らに計算させ、後で彼が解答を書くのだ。僕らは、答えがわかれば自分たちで印を付ける。彼は「星印でもいい、太陽でも月でも何でも好きなものを描いていいよ」と言い、悦に入ってた。まるでそれが世界中で一番面白いことであるみたいに。答えが間違っていたら、その章をもう一度読むことになっていた。彼は「数学は公式だから、公式を理解してれば、どんな計算もできる」と言ってばかりいた。でも、公式を教えたことがなかった。クダラナイことばっかり教えた。ココナツ林のスケッチを仕上げたのは彼の授業中だ。ある日彼の授業中に、ココナツの木には実がついていた方がいいことに気づいたのだ。そんな単純なことにどうして気がつかなかったのかと思った。なので実を描き込んだ。

とにかく、お父さんが僕の通知表を見たある日のことだった。お父さんはあまり喋らないタイプだ。遠洋航路のコックだから、ほとんど家にいない。でもこの日、お父さんは、お母さんが既にサインした僕の通知表を見つけたのだ。お父さんは、自分の部屋で例のサッカー・ゲームの『チャンピオン・マネージャー』をやってた僕を呼びつけた。

「ハフィズ、何だこれは」

僕は黙ってたけど、心の中ではコンピューターゲームのカントナ選手のことを考えていた。

「赤点ばっかりじゃないか、ハフィズ！　勉強が嫌いなんだな？　なんのために学校へやってるんだ。なんのために制服買って、授業料払ってんだ。学校で何してるんだ」

「勉強だよ」

「なら、どうしてこんな成績なんだ。シーマ、自分の息子の通知表見たんだろ？」

「ええ、もうサインしましたよ」とお母さんが答えた。

「マレー語と英語以外はみんな赤点じゃないか」

「しかたないでしょ」というのがお母さんの返事だった。「そういう子なんだから」

「恥ずかしくないのか、ハフィズ。通常レベルの試験は二回目だろ！」と言ってから、お父さんは叱るのをマレー語から英語に切り替えた。重みを欠くように聞こえる時にはよくそうするのだ。彼の上司が英語で叱るからじゃないかと思う。彼はこういう英語の小言を大真面目に受け取るのだ。「いい加減にしろ、ハフィズ！　真面目にやれ！」

いつものことだけど、お母さんが口を挟んだ。「勉強するように言ってないわけじゃありませんよ。毎日言ってますよ。口がからからになるまで言うけど、全然聞かないんですから」

「シーマ、これはよくないよ」お父さんは続けた。「親として放っておけない。ハフィズ、家庭教師を付けることにする。金が掛かるがかまわない。お前の勉強が進むのなら。新聞を持って来い。捜してやろう」
こうしてある日クリスがうちにやって来た。十分遅れて来た法学部の学生。家庭教師紹介所が送り込んできたのだ。お母さんがやっと戸を開けるまで、三分ほどノックしなければならなかった。お母さんはよろい窓の隙間から覗いていたのだったが、ちょっと若く見えたし、半袖のポロシャツにジーンズという服装だったので、家庭教師の先生とは思わなかったのだ。書類かばんを持ってネクタイを締めた人を予想していたのだろう。お母さんを見ると、クリスは「こんにちは、おばさん」と言った。あまり英語を話さないお母さんはただ頷いて、「家庭教師の?」と訊いた。

面格子の外扉の鍵を開けてクリスに入ってもらう時も、お母さんはまだ微笑んでいた。照れ笑いだ。

英語を話せないこととか、家の中が散らかってることとか、出せる食べ物といえば台所の食卓カバーの下にあるものしかないこととかを、お母さんは申し訳なく思ってるみたいだった。炒り卵少しと御飯と醤油だ。

クリスが僕の部屋に入って来て最初に目に留めたのは、無論、隅に積み上げたリグレーのガムの箱〔一九九二年チューインガムの輸入・販売が禁止された〕だった。グリーンのペパーミント、白のスペアミント、黄色のフルーツ味。

「うわぁ、なんでそんなにたくさん？」

僕は二人分のスペースを作ろうと机の上を片付けていた。ティーン向けの雑誌やサッカー用ジャージーやフーナン・センターで買った海賊版のコンピューターゲームをどけた。

「うん、お父さんがよく外国へ行くんです。安く買えるから。先生のこと、なんて呼んだらいいんですか？」

「『先生』なんてやめてよ。クリスでいいよ」

「わかりました、クリス。椅子はそれでいいですか。それともこっちの方がいいですか、キャスター付きだから。事務用椅子」

「いや、これでいいよ」

「それ、食卓用の椅子なんです」

「いい、いい。それでだ、十年シリーズ教科書は揃ってるかい？」

「ああ、あれは学校に置いてあります。次、持って帰ります。きっとです」

「いいよ。どこから始めようか」

突然呼び出し音が鳴って、クリスはポケットの中のポケットベルを探った。その隙に僕は彼の顔を見て、なかなかイケメンだと思った。必ず毎日髭を剃るタイプだ。顔を上げると彼は髪を掻き上げて、セミナーを始める講演者みたいに手を打った。

「電話借りていいかな」彼が訊いた。

「ちょっと待って」と僕。「お母さんが使ってないか見てきます」

部屋を出てみると、果たしてお母さんはソファの上に座り込んで受話器に向かってくすくす笑っていた。お母さんはもう二人の子持ちだが、電話をする時は少女みたいに振る舞う。両足をソファに上げて座り込み、くるくるの電話のコードを指に絡める。二時間ぶっ通しで電話にかじりついていることもある。

「お母さん、家庭教師の先生が電話借りたいって」僕は言った。

お母さんは心配そうに僕を見ると、切らなくてはいけないとすぐに彼女の友達に言った。大事な電話が掛かってくることになっていると言った。なんでただ電話を使いたい人がいるからと言えないのかと僕は思った。自分の部屋に戻る時、僕は自分が妙な歩き方をしていることに気がついた。いつもの歩き方ではなくて、自信たっぷりに見せたがっているみたいだった。口を開くと、自分の声がある種のアメリカ気取りの訛りを持ってるみたいになっていた。

「あの、クリス、電話、使えます」

椅子に座り直しながら、僕は客用の電話があったらいいのにと思った。お母さんはアメリカ漫画の猫のガーフィールドの形をした電話機を買って、前足から受話器を上げるとそいつの瞼が持ち上がるようになっているのだ。お店で初めてそれを見た時は面白そうに見えたので、弟と僕はお母さんに買ってとねだったのだった。弟は「お母さん、すごく可愛いよぉ」と何度も何度も言ううちに、もの欲しそうというより思い焦がれるような口調になったのだ。僕たちは朝に鳴く雄鶏の目覚まし時計も買ってもらった。でも今になってみると、子供じみた電話機みたいで、お客さん用にはふさわしくない。

「可愛い電話だね」戻ってくると、クリスは言った。

「普通の電話もあったんですけど、駄目になったんです」

「いや、ガーフィールドって可愛い」

「うん」

「で、どこからやりたい？　何かわからないことは？」

僕が通知表を見せると、クリスの表情が変わった。下唇を噛んでひとり頷いた。通知表に目を走らせながら、ところどころで眉を上げた。

「先生が去年病気で、新しい先生に交替したんです」と僕は説明した。

「そうかい」

「そいで、その先生、教え方知らなかったんです。クラスのほとんど全員、数学を落としました。慣れた教え方から変わるのはむずかしい」

「そうだね」

他に何を言っていいかわからなかった。クリスは通知表から目を上げて、部屋の中を見回した。ベッドの上のブランドものじゃないテニスラケットや、喧嘩の最中に弟が二つに破ってしまったのでセロテープで張り合わせたカントナのポスターを目に留めたに違いなかった。彼は机の上に目を移し、Sリーグのステッカーや〈マレーシア大好き〉とあるキーホルダーや、キャップがなかったり乾いてしまったりしているペンが大半の筆立てを見た。

「クリス、今の、ガールフレンドからでしょ?」

「そんなところ」

「へぇー。もうステディ?」

「二年」

「へぇー。ねぇ、クリス、十六とか十七の子がガールフレンドを持つのをどう思う？　僕の友達は大抵もうガールフレンドがいるんだ」

「その人次第だね」

「でも、若いから勉強が第一と僕は思う。女の子は後でいい。クリスは十六の時、ガールフレンドがいた？」

「あのね、僕は君と一時間半数学をやることになってるんだよ」

僕は顔が赤くなるのを感じ、しかたなく数学の教科書をクリスに見せた。彼はページをめくりながら、僕が各章で楽にやっているかどうか尋ねた。数学のことを言うのに、「楽に」なんていう言葉を使うのを聞くのは初めてだった。それは新しいことだった。彼が示す章のどれにも僕は顔をしかめ、無理はしないことに決めた。自信がなければそう言うつもりだった。そのためにお父さんが一時間につき四十五ドル払うのだから。ひととおり済むと、「やることがたくさんあるよ」とクリスは言った。

続く一時間、クリスは僕に教科書の中の例題をいくつかやらせた。最初は対数の問題だった。僕が計算している間、彼は指で机を叩いた。彼はじっとしていることのできないタイプらしかった。脚を組んで、食卓用椅子の脚を蹴っていた。僕は実はどうして計算したらいいか知らないことに気がついて、困っていることを彼に気づいてもらおうとした。いくつか数字や記号を書いては、乱暴に消した。クリスは自分の世界に浸っていて、ぼんやり空を睨んでいた。不意に彼は言った、「チューインガムが懐かしいよ」

「あれ、持ってっていいです」と僕は言った。

「いいの？」

「うん、好きなだけ」

クリスはスペアミント一つとペパーミント一つを取った。

「何が一番懐かしいかっていうとね、チューインガムを噛みながら冷たいものを飲むこと。冷えたコーラとか。口の中でガムが硬くなる。また柔らかくするのにしっかり噛まなきゃいけない」

「クリス、この計算、自信ないです」

「じゃ、見てみよう」

計算は全部間違っていたことがわかった。クリスは、対数とはどういうものか、覚えなければならない規則はどれかについて根気よく説明してくれ、〈近道〉や〈コツ〉を二、三教えてくれた。彼は十五分余計にいてくれた。終わった時、僕は首を横に振って、すべてが彼にこんなにわかりやすく説明してもらえるのに、なんであの退屈な授業に出なければならないのかと訊きたかった。数学がその時突然簡単に思えた。すべてが型に従っていて、型を知っていれば大丈夫なのだ。彼が僕の部屋を出た時には暗くなっていた。お母さんは居間の電灯を点けない習慣だ。若い頃からテレビを暗い中で見るのが好きなのだ。画面ではマレーシア・テレビの例のメロドラマ『ホテル』をやっていた。口髭を生やしたマレー系の男が座ってパイプをくゆらせていた。お母さんは支払いのことを僕に尋ね、僕はクリスが言ったように、四回済んだら払うことになっていると言った。他のことも何か言った。

クリスは自分の靴を探していたが、お母さんがテレビの台の下から取り出した。廊下に出していて、いい靴が盗まれたことがあったのだ。外に出た時、クリスは顔をしかめた。近所の家が、チリペーストかエビか、何かスパイシーで刺戟臭のある料理を作っていたのだ。彼は鼻をすすり、「おばさん」と呼んでお母さんに会釈した。お母さんがガムを一掴み彼の手に握らせたのはその時だった。クリスは不思議そうな表情をしたが、ありがとうと言った。お母さんが彼にあげたのは十個ほどだった。彼が帰ってからも、お母さんはしばらく門の所にいた。僕はお母さんは夕暮れの光の中で白い下着類が青白くなっている洗濯物を取り入れるのかと思ったが、彼女は「頭がいいしイケメンねぇ」と言った。

僕はそこを離れたが、お母さんの続けて言ったことが聞こえた。「どこの親だってあんな息子が欲しいわよね」

八月と九月いっぱいクリスは教えてくれた。通常レベルの試験は十一月だったから、細かいことを教えている暇はなかった。お父さんがいうところの速習コースで、だからこそ、とにかく試験に通るように、どんな高い授業料でもクリスに払うつもりなのだ。高得点を取らなくてもいい、通りさえすればいい、とお父さんは思っていた。

クリスと僕は仲良くやっていた。彼は自分のことはあまり話さず、たまにポケットベルに応えた。僕は一度彼が電話をしている時じっと見ていた。全然緊張していないように見え、終始にこにこして、まるで電話の向こうにいる相手が続けざまに冗談を言ってるみたいだった。話す時、彼は肩をすくめたり、いたずら坊主に対するように時々指を振ったり、盛んに身振りをした。でも、僕に計算をさせている間、やっぱり彼はいつの間にか自分の世界に入って行ってしまうのだった。どういう世界なのだろう、と僕はよく思った。たまに何か呟いて、顔に苛立ちが走ることがあった。一度彼が「すまない」と言うのを僕ははっきりと耳にした。でも、無論、僕に対してじゃない。

雨の日があった。雷が鳴って、お母さんが僕にコンピューターを切るように言った。僕は雨粒が道路を打ち始めると窓を閉めた。一人の男が新聞紙を頭の上にかざして走っているのが見えた。バタンと戸が閉まるのが聞こえた。風に木々が曲がり葉が掻き回されていた。お母さんがクリスの電話番号を知っているかと訊いた。もう家庭教師の時間なのだ。

「電話番号は知ってる。でもまだ家にいるかどうかわかんないよ」と僕は言った。

「電話して、来ないように言った方がいいわ。ひどく降ってるから」

「ポケベルで呼び出せる。でも呼び出し番号を知らないんだ。教えてくれなかったから」

と僕は言った。

「じゃ、電話して。今日は来なくていいって。また改めてって。かわいそうに」

クリスの家の電話が鳴った時、僕は咳払いをした。ガーフィールドの目が傷だらけの目玉で僕を睨みつけていた。突然、「もしもし」という女の子の声が聞こえた。でも、僕は彼女の言うことを聴いてはいなかった。その声の背後にある音を聴こうとしていた。多分、水の音とか噴水の音とか、クラシックのＢＧＭ。犬の首輪につけた鈴とか、使用人の足音とか。

でも、何も聞こえなかった。

「もしもし、もしもし？」

そして電話は切れた。

「家にいた？」お母さんが尋ねた。僕がそれに答える前に、戸を叩く音がした。お母さんが戸を開けると、クリスで、ジーンズの足元が濡れていたが、それだけだった。傘を持っていた。

「ラッキー」彼は言った。「バス停にいて、丁度走って渡ろうとした時、道路掃除の人が通りかかって。彼女は手押し車を押してたんだけど、レインコートを着てた。手押し車の中にあった傘をくれてね。最初はいらないって言ったんだけど、持って行けって言ったんですよ。ラッキーでしょ」

お母さんはクリスに頷いてにっこりした。部屋に入ると、彼女はテレビの台の下に新聞紙を敷き、彼の靴をその上に置いた。


「あんまり時間がないんだよ、ハフィズ。なのにこんなんじゃ」

クリスは宿題として計算問題をいくつか出してくれていたのだが、僕はそれを彼がうちの戸口に現れる十分前に大急ぎでやったのだった。四問中三問間違っていた。

「集中する気がないようだ」と彼は言った。「教科書に落書きがいっぱいだろ」クリスは溜め息をついて椅子の背に凭れた。壁の一点を見つめた。僕は教科書を手に取って、ゆっくりとページを繰った。ココナツの木が一本、また一本。僕は何だ――サルか?

「どうすりゃいいか言ってよ」彼は言った。

僕はおでこを掻いた。誰だってそんな質問に答えられない。

「僕、本当はこんなことしなくてもいいんだ。でもね、パパの車をぶつけてしまって」彼は両手を頭の後ろに当てて、一点を見つめたままだった。「それがなければ、こんなにお金が必要というわけじゃない。ここへ来るのにバスを使うんだ。車があればもっと楽なんだけどね。でも、そもそも車が大丈夫なら、家庭教師をする必要もない」

「ひどかったの?」僕は尋ねた。

「大したことない。ズークで夜遊んだあと競走してたんだ。ズークってどこだか知ってる? クラブだよ。ディスコ。べろんべろんに酔っ払ってた奴もいて、みんな狂ってて、競走しようって挑んできたんだ。リム・チュー・カンの方へ行った、一〇〇とか一一〇で。狂ってるよ」クリスは笑い出した。「でも僕は酔ってなかった。警察が来てテストしたけど、アルコールは出なかった。ただの無謀運転。電柱にぶつかったってだけのこと」

「うわぁ、そんな速さで?」と僕は言ったが、一〇〇がどんな速さか見当もつかなかった。

お父さんは運転しない。

「ある点まで来ると飛んでるみたいな気分になったよ。みんな狂ってた。でもなんで君にこんなこと話してるんだろう。わかるかい？　とにかく、君のお父さんは、ただ座って君に話をするために僕にお金を払ってるんじゃない」

続く二時間、クリスは僕になんの話もしてくれなかった。事実、何度も僕を叱った。それまでは「そうそう」とか「いい線行ってる」とか言っておだててくれたものだった。でもその日は、彼はしかめ面をして、僕が計算をしている間背中越しに覗いていて、僕が間違うとチッチッと舌を鳴らした。彼は大きく溜め息をついた。そして悪口雑言が始まった。

「誰がそういうふうにやれって教えたんだよ」

「誰も」

「なら、これはなんなんだよ。先週やり方を教えただろ！　みんなでたらめ、わかってるだろ？　どこで習ったんだい。絶対僕じゃない」

クリスはそれからもう二、三問僕にやらせた。ポケットベルが鳴り、その番号を見ると、「くそっ、彼女、何の用だ」とクリスは言った。それから僕を見て訊いた。「もうお手上げ？僕にやって見せて欲しい？」そして助けようがないとでも思っているように、僕ににっこりし首を横に振った。

「僕がやってあげることはできるよ。でも、僕が受験するわけじゃないからね」と、僕のやった解答にバッサリ斜線を引きながら彼は言った。

「クリス、今日来てもらってごめんなさい、雨なのに」

「僕が君のお父さんだったらね、お金がどこへ消えていってるかわかってたらね……」

「ごめんなさい、クリス」

「ハフィズ、見てご覧、これ。なんだよ」

「ごめんなさい、クリス。もうそんな言い方しないで」

ちょっとの間、彼は話すのを止めた。その時、雨も止んでいることに僕は気がついた。僕は、雨でできなくなっていたことを改めてやろうとするみたいに、家を出て行きたかった。友達と会ってフットボールをするとか、ちょっとニンテンドーの店へ行って友達が戦闘ゲームをするのを見るとか。

「ハフィズ」クリスは言った。「続けられそうもないよ。この家庭教師の仕事をするように言われた時、通常レベルという話だった。中等四年か三年の勉強だよ。それか、多分、君の場合、余計に行って五年の勉強。なのに、いつも初めからやらなきゃならない。一年生の勉強、君が既に知っているはずのこと、簡単な基礎的なことだ。僕、どうすりゃいいんだ、ハフィズ」

勉強が終わって、僕は彼を戸口まで送って行った。ありがたいことにお母さんは電話中で、僕の部屋の中でのやり取りは聞こえていなかったはずだ。彼女はクリスの姿を見ると、大事な電話が掛かってくることになっているからと友達に言った。お母さん、息子が家庭教師をやってもらっていると言って、と言ってやりたかった。全然かまわない。

戸口で僕はクリスを見た。髪型が変わっていて、彼はびしょびしょのソックスは穿かずに靴に足を入れた。ビニール袋が欲しいと言い、ソックスをそれに入れた。

「クリス、もう降ってないでしょ、クリス」僕は尋ねた。

「うん」そして彼はお母さんに挨拶をした。「さよなら、おばさん」

彼が去って行くのを目で追っていると、心が重くなった。彼の傘が外扉のすぐ脇の水道管に掛かっているのが見えた。でも、忘れ物だと声を掛けることはしなかった。さよならと声を掛けることさえしなかった。彼がビニール袋を空中に放り上げ丁度手の中に落下する頃合いを見計らってそれを受け止めるのを、僕はただじっと見ていた。彼の傘があったところに水溜りができていた。

三年前のことだ。今、僕はクラーク・キー〔小洒落た飲食店が並ぶシンガポール川左岸の地区〕でちょっとウェイターをしている。通常レベルに二度目も落ちて、そのあと僕たちは家族でよく話し合い、いずれやらなきゃいけないことだから軍隊に行くのが一番だと決めたのだった。兵役では、僕は民間防衛に回された。何人か友達もできた。総じて品行方正で、クスリをやったり夜遊びをしたりするような連中ではなかった。初めてガールフレンドができたのも兵役時代のことで、ヌル・サラワティといった。僕は縮めて「ワティ」と呼ぶ。時折、中等学校時代のことを思い出し、するとクリスのことを考える。クリスはあの四回分の授業料は取らなかったが、もし彼がもうちょっとあのまま僕に、僕の家族に、付き合ってくれていたら、あんなふうに辞めてしまわなかったら、どうなっていたろうと僕は考える。でもそう考える時、一番思うのは彼が辞めた日のことではなく、数か月後に起こったことだ。

僕の試験が終わって一週間後のことで、僕は試験にしくじったことがわかっていた。数学の試験で、試験用紙に大きなゼロをいくつも書いてそれをココナツにし、さらにココナツの木に仕立て上げたことを思い出した。とにかく、僕は居間にいて、お母さんがパナドルが欲しいと言っていた。頭痛がしていたが、薬を切らしていたのだ。外は雨が激しく降っており、僕はお金をいくらか掴むと廊下へ出た。戸を閉めた時、傘を持ってこなかったことに気がついた。と、水道管に掛かったクリスの傘が目に入った。いつか彼が取りに戻って来てもうちに声を掛けずにすむようにと、そこにそのままにしていたのだった。クリスもうちも気まずい思いをしなくてすむから。僕はその傘を取って、下へ降りていった。

ピロティでは下が魚市場の床みたいになっていて滑りやすかった。僕は小さい歩幅でそろそろと歩いて、空から雨が滝のように落ちて来るのを眺めた。突風が吹き込み、肌が雨粒だらけになった。ここでおかしな考えが浮かんだ。クリスも実はこのように大雨の中を歩いてうちへ来たのだ。世話になったのだから、単なる「ありがとう」であるにせよきちんとした「さよなら」であるにせよ、僕たちには借りがある。僕は二回彼に電話を掛けてみた。二回目の時に彼の声が聞こえた。彼が二、三回「もしもし」というのを待って、彼に電話を切らせた。何て言えただろう。彼は通常レベルはどうだったか知りたがるだろう。「OK」と僕は言っただろうけど、クリスは友達じゃないからそういう場合にどう取り繕っていいかわからないだろう。「OKそれともKO?」なんて訊き方を知らないし、「君は自分の出来具合がわかってるし、僕は君の出来具合がわかってる、何も言わないでいい」なんていうからかい方も知らない。クリスはそういうタイプではないのだ。

雨の中に出ようとした丁度その時、ある強い感情が僕を襲った。傘を開くと、雨粒が傘の端を打つのが感じられた。大雨のさ中に傘をもらえる幸運な人なんてめったにいない。僕はクリスのように歩きたかった。彼がしたように水溜りを飛び越えたかった。彼のように濡れずにいたかった。その雨の中で、僕はクリスだった。

出し抜けに空に稲妻が走って、すぐに雷鳴が続き、僕は身を縮こめた。風に抗って傘を一層きつく握った。自分が誰であるか僕はわかっていた。その傘はクリスのものではなく、彼の手から僕に渡っただけのことだ。結局、彼は僕たちに何も残していかなかった。けちな傘すらも。

雨の向こうに、ピロティに雨宿りしている人の滲んだ姿がぼんやり見えた。僕はそれが手押し車の傍に立っている道路掃除の女の人だと想像した。にっこりしながら、僕は彼女の傘を手に彼女の方へ歩いて行った。彼女は、丁度学校での第一日目を終えて帰って来た息子を迎える母親のように、僕ににっこりしていた。

ブギス

Bugis

サルマはまたトゥドゥンを被ってる。

知らない人のために言うと、トゥドゥンというのは真面目なイスラム教徒の女子が被る例のスカーフのことだ。サルマのような人たちはただ行動で表したいだけ、いい子ぶりたいだけで、学校に行けばボーイフレンドと会うし手も握る。このトゥドゥンを被ることだって、誰が彼女に教えたのか、どこで彼女が教わったのか、私は知らない。先月は被っていなかったし、いつも髪の毛を後ろで赤いバンドで束ねていたのだ。彼女はよくそれを外して、腕輪みたいに手首に着けていた。

たったの一か月で、サルマは神様を見つけたわけ。

私はその後二度と彼女の髪の毛を見ることはなかった。ひょっとすると、今パーマをかけているかもしれないし、ピンクに染めているかもしれないし、虱で痒いかもしれない。トゥドゥンを被っている大概の女子がそうなのだけど、髪の毛なんかどうでもいいのだ。いい子に見えて、戸口でお母さんの手にキスして、お母さんの信頼を得て、後で学校でボーイフレンドと手を握り合えることができれば、それでいいのだ。私はサルマがそうするのを見てきたし、ふざけてサザリーの胸を叩くのを見たこともある。いちゃつきの一種。サザリーは彼女のボーイフレンドで、結構可愛いけど「R」を正しく発音できない。「アール」ではなく「アーク」と言うので、彼が話しているのを聞くと、私は彼みたいに舌の短くないボーイフレンドを見つけなければと思う。

今、高等専門学校へ行く途中の電車の中にいる。サルマはほとんど乾いてしまった蛍光ペンを使って、講義ノートを見直している。私は普通、電車の中では勉強しないので、ニュー・ペーパー〔タブロイド版大衆紙〕で扇いでいる〈今日の大見出しは〈彼女はまた脱ぐか？〉だ〉。私が扇いでいるのは暑いからじゃなくて、こんな午後にトゥドゥンを被っているなんて暑くないのか、口を開かないで訊きたいからだ。それに気づいてるかどうか知らないけど、彼女は膝の上に開いたファイルに目を落としてひとりでぶつぶつ言ってる。

サルマとサザリー。お似合いのカップルのように響くし、二人の名前は結婚式の招待状にぴったりだけど、私は前に二人が喧嘩するのを見たことがある。喧嘩すると、サルマは怖い。ものすごい形相をして、サザリーから顔を背ける。唇が突き出る。サザリーが右側から彼女を見ると、彼女は左を向く。左側を見ると、右を向く。二人の顔は二つの磁石の同じ極みたいだ。こうだから、私は男女交際は学校を出てからにするべきだと思うのだ。若くて、恋に恋していて、お母さんに言わせれば、猿が恋してるみたいなもの。サルマに言ってみたけど、彼女は「なんであんたってそんなにお節介なの。ボーイフレンドを一人持とうが十人持とうが、私の勝手でしょ」といつも言い返す。これが学校へトゥドゥンを被って来る女子の言うことなのだ。

突然、私は言う。「昨日、お祖母ちゃんがまたうるさかったのよ」

サルマは質点力学の講義のノートから目を上げる。

「お祖母さん、どうしたの？」彼女は尋ねる。

「わかんないけどね」長い話を始める前に私はいつも「わかんないけどね」と言うのだ。どこでこの癖を身につけたのか確かじゃないけど、他でもない小学校以来の親友に指摘されたのだった。知らない人のために言うと、それはサルマ。

そして私は続ける。「昨日、男の子たちとピロティにいたのよ。そいでうちへ上がって行ったら、あの婆あ、つまんないことで小言を言い出したの。もう大きいんだから、そんなに好き放題に男の子たちと遊ぶもんじゃない、人がなんて言うか、って言ったのよ」

「あんた、誰と一緒だったの？」サルマが尋ねる。
「ああ、いつものピロティ仲間よ。ヒシャムにフィルダウスにオマール」ヒシャムはすごく太った子でだぶだぶのクロス・カラーのジーパンを穿いてる。フィルダウスは右の眉にピアスをしてる子。で、オマールはアラブ人とマレー人の合いの子で、下品なジョークを誰よりもたくさん知ってる。同じジョークを二度言ったことがない。オマールが私たちが前に聞いたジョークを言う時は、彼がついに通常レベル試験に通る時だろう。彼は今年、団体ではなく個人〔privateには〈兵卒〉の意味がある〕の資格で三度目を受けている。他の男の子たちはそのことで面白がって彼をからかい、いつ伍長になるんだといつも訊いてる。たまに彼のことをオマール兵卒と呼んだりするけど、彼らの良い点は限度をわきまえていることだ。

私が初めてその男の子たちに会ったのは、サルマと一緒に学校から帰る途中のことだった。彼らは私の棟のピロティでスケートボードをしていた。その時サルマは髪を長くしていて、二つのポニーテールを両肩に垂らし、可愛かったのだ。品行方正な女の子らしく、ファイルを胸に抱いていた。ピロティに近づくと、私は草地のスロープの方を歩きたいかと彼女に訊いたけど、彼女は「あの子たちのことなんか気にしないわ。私たち好きなところ歩いていいじゃない。どっちにしても、あの連中みんな目が見えないのよ、〈スケートボード禁止〉の標示が見えてないんだから」と言った。

それでサルマと私はピロティの方に歩いて行ったけど、スケートボードがセメントの床をこする音が嫌いなので、私は心臓が少しドキドキしていた。何かが損なわれ磨り減る感じがした。出し抜けに、男の子たちの一人、フィルダウス、例の眉にリングを付けた子が私たちの前に滑り寄ってきて、ピアスした片方の眉をわざとらしく上げた。彼はその眉を上げたり下げたりした。

「学校から帰るとこ?」彼は尋ねた。

サルマと私は黙っていた。かまわずに進んで行くこともできたが、三人の男の子がスケートボードの上に立って私たちの前にいるという事態になってしまったみたいなのだ。

「そうよ、誰かさんたちと違って、学校があるのよ」と私は答えた。私はどうして彼らに言い返したりしたのかわからない。

「わっ、怖っ、こいつ」と太った奴が言った。

私はサルマを見た。彼女はいら立ってよそを向いていた。それから顎をファイルの縁に載せた。溜め息をついた。彼女の様子から、私たちは長くそこにいることになりそうだった。

「ほんと、ちょっと怖い」と、三番目の奴、ランニングシャツを着たのが言った。

すべて私次第だとわかっていた。うまくいくとわかっていたが、それを思うとちょっと悲しかった。普通、女の子二人が男の子に立ち向かう時、声を上げそして両方を護るのは、つまり怖い方は、可愛くない方なのだ。可愛い方は黙っていることになっている。なぜというと、彼女が口を開けば、真珠の粒がこぼれて、いじめっ子たちは大慌てでそれを拾おうとするからだ。そうなると、彼らは放っておいてはくれず、もう一度王女様が言葉を発するのを聞くためになんでもする。

「あんたたち、もうちょっとマシなことできないの？」私は訊いた。「見えないの？　あそこの標示、あの絵、スケートボード禁止ってのが」

「へー、俺らにお説教だってよ」と、ランニングの奴。続いて眉に輪っかの奴が口を開いた。

「お嬢ちゃん、標示をよーく見なよ。どう書いてある？　この黒い人。片足が長くて、片足が短い。確かにスケートボードに乗ってる。でも、俺らを見な。誰が黒い？　誰が脚が悪い？　ほらね、標示の意味は、黒くて脚の悪い人はスケートボードできないってこと、黒い人ができないのは、夜、他の人たちが見えないから。脚の悪い人ができないのは転んじまうから」

私の人生でそんな馬鹿げたことを聞いたことがなかった。私は右を向くと、サルマが僅かに微笑んでいるのに気づいた。彼女は私の努力を台無しにしてしまいそうだ。突然、私はできるかぎりの乱暴な調子で男の子たちに言った。「あんたらみたいなこの棟のアホどもに用はないよ。学校にはもっといいのがたくさんいる、勉強ができてピロティなんかでだらだらしてないのが。あんたら、スケートボードがかっこいいと思ってるでしょ。やかましいだけじゃん。他人の迷惑」そして私はサルマの袖を引っ張って、振り返ることなく、サルマの耳元に囁きながら、その場を離れた。私は男の子たちを後にした。王女様を護らなければならなかった。私はうちを後まわしにして、先にサルマを家まで送って行った。

それから三週間後、私たちはまたピロティにいた。サルマはスケートボード・グループの新しいメンバーと知り合いになっていた。彼にはえくぼがあって、その髪の毛はいつも濡れたような感じだった。スケートボードの男の子の中で肌がきれいなのは彼だけだった。彼が高等専門学校で勉強していると言った時、サルマの目が輝いたのがわかった。私は間違っていた。ピロティのアホどもの中には学校へ行ってるのもいるのだ。

その男の子の名前はサザリーだった。

そのうち私たち、男の子四人と女の子二人は、いつもそのピロティにたむろするようになり、ある日サザリーの腕がサルマの背中に回っているのを見た。その時私は片足をスケートボードの上に置いて、前へ後ろへ、前へ後ろへ押していた。それから急にそれは私の足の裏から滑って、ひとりでに飛んでいった。柱にぶつかり、跳ねて、止まった。

やがて、私はいつもサルマといるものだから、男の子たちとも一緒にいることになってしまった。そしてサルマとサザリーが二人きりになりたい時は、彼女は私を残りの連中と一緒にピロティに残して行った。だけど一つ言っておきたいのは、私は男の子たちに初めて会った時以来のあの怖いイメージを決して捨てなかったということだ。あれは本当の私じゃなかったと思う時もある。あの日大声を出した時だって、本当は心臓がバクバクしていたのだ。私は震えていた。それでも言葉は出てきたのだった。

今じゃわたしはもっと怖くなって、男の子たちは私を好き勝手な渾名で呼ぶ。私は彼らと一緒に座って、誰かがスケートボードの技をしながら転ぶと馬鹿笑いをする。そして使い慣れた例の大声で言う。「ザマミロ、自業自得！　も一度やりなよ、見たい！」

サルマは窓の外を見て、アンテナが立ったり、カラスが飛び回ったりしてる店舗住宅が通り過ぎるのを眺めている。突然電車はトンネルに入り、洞窟の中みたいなゴーッという音が電車を包む。外には勢いよく通り過ぎてゆく暗闇があるばかりで、乗客たちはみんな窓に映った自分たちの姿を見ることができる。私は自分の姿をちらと見て、ニュー・ペーパー紙を広げる。サルマはまだ自分の姿を見てる、トゥドゥンを直しながら。

「あんたはお祖母さんと一緒に住んでないからいいわね」と私は彼女に言う。

「お祖母さんは二人とも死んだのよ」サルマが答える。

「ラッキーよ」

電車がラヴェンダー駅に停車し、バングラデシュの男の一団が乗って来る。以前は一体誰がラヴェンダー駅で乗り降りするのかとサルマに訊いたほどひと気がなかったものだ。

今ではその答えは「全世界の人」だ。シンガポール入国管理局の新しいビルが駅の隣にできたので、フィリピン人やタイ人やそれに白人まで見かけることがある。バングラデシュの男たちは私たちの向かいの席に座る。ほとんどの人が細い縦じまのワイシャツをきちんとズボンの中にたくし込んで着ている。みんな口髭をたくわえている。そしてみんな髪を油で撫でつけている。

「男の子たち、どうしてる?」不意にサルマが尋ねる。

「馬鹿やってる」と私。

「相変わらずね」と彼女。

「よくあんな下らないことばかり言ってられるわよ」と私。「一緒に勉強できるかと思って講義のノートを持っていったことがあるのよ。勉強に疲れたら、彼らとちょっと遊べると思って。五分だけね。それから勉強に戻ってさ。うちじゃ勉強できなかったから。お祖母ちゃんが目を覚ましてていちいちうるさくて。お祖母ちゃんが私の年頃には料理の仕方も掃除の仕方も知ってたって。それで男の子たちのところにいたのよ。でも全然勉強できないとわかった。彼らめちゃ面白かったのよ。言うことみんな面白かった。笑ってばかりいた。あんたももっと一緒にいたらいいのに」

電車がブギス駅に停車する。人々が乗って来て席を見つける。午後のこの時間には電車はあまり混んでいなくて、みんな席を見つける。中には片側に体を倒して二人分の席を占める人もいる。私たちの左のドアからマレー系女性が一人乗って来た。片手でハンドバッグのストラップをつかんで、彼女は私たちの方へ縫うように歩いて来る。彼女はハイヒールを穿いていて、水平の手すりに頭が当たらないように通路の端の方を歩かなければならない。頬骨が高く、細い肩紐で裾のとても短い白いサテンのドレスを着ている。太腿と逞しいふくらはぎが丸見えだ。彼女は私から二つ離れた席に座る。私は彼女の喉仏をちらと見る。そのマレー婦人は男だ。

私は向かいのバングラデシュの男たちを見る。彼女を見て顔をしかめているのがいる。婦人は脚を組み前かがみになると、肘を膝に置いて拳に顎を載せる。眼球が右に左に動いて、一枚の車内広告の上に止まる。まるで映画の中の女優のように振る舞ってる。よく写るように頬をすぼめる。

これが故国ならバングラデシュの男たちは冷やかしの口笛を吹くのじゃないかと私は思う。でも彼らは静かにしていて、しばらくすると、彼女が乗って来てしゃなりしゃなりと歩きそれから今その大きな手で髪の毛を耳の後ろに掛けるのを、見なかった振りをし始める。私はこの女性を盗み見て、彼女は鬘を着けているのだろうかと思う。爪は血のような赤に塗られている。突然サルマが私の耳元で囁くのが聞こえる。

「女装してるのよ」と彼女は言う。しかし彼女はもっと棘があり失笑を誘うマレー語でそれを言う。「オカマ《ポンダン》よ」

「面白いわね」サルマはまだ囁き声で私に言う。「よりによってブギスで乗って来るなんて」

子供の頃、父が、面白がってよく母とブギス通りへ行ったと話してくれたものだ。デートでオカマを見に行くなんて変だと私は思ったけど、それがその頃のデートの仕方だったのだろう。中にはすごく威勢がよくて、ぴっちりした服を着てミニスカートを穿き、白人の船員と戯れるのもいたと父が言っていた。ハイヒールのまま飲食店の野外テーブルの上に上がってストリップショーをやるのを見たことがあると言った。彼女がブラジャーを取った時、人々は喝采した。彼女の胸は平たい男の胸で、毛が綺麗に剃られていた。彼女がブラジャーを放り上げると、街灯にひっかかった。私の父や母がデートで楽しんだのはこういう光景だった。でも今は、観光客のためにブギスは浄化され、上品に衣装替えされている。そこにはショッピング・モールがあるだけだ。女装愛好者はいなくなった。でもどういうわけか、筋肉隆々で口紅のこの人は私たちの車両に乗ってきたのだ。そのご婦人はあくびをし始め、ごつごつした片手で口元を隠す。でも指は、その本来の作りに逆らって優美に曲げられている。私は女装愛好者の指の使い方を見たことがある。何でもばい菌がついてるみたいな触り方をするのだ。あの人たちは指先だけを使うのだが、この婦人も目の端を拭うのにそうしている。それから私の方を向くと、にっこりする。

「あらぁ」と、彼女は小さな叫び声を漏らす。指先を胸に当てる。彼女の声は低い。でもよく調整されてドラ声ではなく柔らかな声になっていて、色気たっぷりにしておけるのだ。

「あなた、ザイアナ・ザインみたい！」出し抜けに彼女は大声で言う。ザイアナ・ザインというのはマレーシアの歌手で、マレー人の間で超有名なのだ。彼女は「愛の絶頂」というような題のバラードを歌う。彼女の眉はくっきりと弓なりになっていて、歌う時口を大きく開けるので、母は「マイクを呑み込んでしまいそう」と言うくらいだ。でも彼女にはファンがたくさんいる。彼女の結婚式には客が一万人来てテントを壊してしまったし、その後何か月も、マレー人の結婚式では、ザイアナが着ていたからといって花嫁が緑色の伝統衣装を着たのだ。でも私はザイアナ・ザインに全然似てない。サルマはそれをわかっていて、私の横でくすくす笑う。

「とんでもないです、お姉さん」と私はそのご婦人に言う。狂ってると私は思う。彼女のことをマレー語で「お姉さん《カック》」なんて呼んでしまっているのだ。こんなお姉さんは御免なのに。多分、マレー語で「お兄さん《アバン》」と呼ぶべきだった。そうしたら彼女はどう言っただろう。

「ううん、私は乗って来た時、これはザイアナ・ザインだって思ったのよぉ。ザイアナ・ザインがシンガポールで何してるのかしらって。電車の中でザイアナ・ザインを見かけたって、友達に言いふらそうと思ってたの！」

私は首を横に振って、まだ否定する。彼女の友達ってどんな人たちだろうとも思う。私の左側にいるサルマは一切聞かなかった振りをしているが、心の中では脚をばたばたさせて笑い転げているのがわかっている。サルマは質点力学のノートを見続けている。同じページをだ。ノートには何もおかしいことは書かれていないが、彼女の顔にはにやにや笑いが張り付いている。

「ほーんとよぉ、彼女にそーっくり」ここでご婦人は、ザイアナ・ザインのそっくりさんらしいところを全部知っているかのように、私をしげしげと見る。「眼鏡は違うわねぇ。でも、ザイアナ・ザインが眼鏡を掛けたらやっぱりあなたは彼女みたいよ。眼鏡外してよーく見せて頂戴よ」

私は自分の着ているものを見る。ビラボンのTシャツにジーパン。横にはリュック。バングラデシュの労働者たちはみんな私を見ている。この女は狂ってる、と私は思う。この女は私に恥をかかせようとしているのだ。オカマの隣に座っていることより悪いことがあるとすれば、気のふれたオカマの隣に座っていることだ。

私は眼鏡を外してその女装愛好者を見る。もうやけくそだ。眼鏡なしだと、彼女はもっと女らしく見える。もう口もそんなに大きく見えないし、微笑んでもいやらしくない。髪もずっと自然で、肩幅が広く胸が豊かで、なかなかいい体つきをしていることに私は突然気がつく。でも、また眼鏡を掛けると、にせの爪、にせの髪、にせの胸、にせのつるつるの向こうずねの男だ。彼の唯一本物のものといえば、顔に表れた驚きの表情で、それには、自分が私がザイアナ・ザインに似ていることに気がついている唯一の人間だという満足が混じっている。彼はスターを育て上げようとする人のような表情をしているのだ。

それから彼はまた出し抜けに席を立ち、私に言う。「降りるわ。私の駅なの」

その駅はアウトラム・パークだ。駅を出ると、彼はチャイナタウンのど真ん中に行くことになる。この背の高いマレー人女装愛好者が、乾燥した薬草の匂う漢方薬店やシューマイ屋台や蛍光色の星印の上に黒で値段を書いた海賊版ビデオの店の前を通ってチャイナタウンを回るのはどんなだろう、と私は想像する。このオカマとその繊細な指先。

降りる前に彼は私に向かってにっこりする。いたずらっぽい微笑みだ。そして彼は、また指先だけで手を振り、さっと髪の毛を振る。髪は、つまり鬘は、落ちない。それは彼の頭にしっかり留まっている。彼は言う、「バーイ、ザイアナ、コンサートでね！」それからサルマに言う。「バーイ、ザイアナのお友達、はにかみ屋さんなのねーぇ」

彼が行ってしまうと、サルマは笑い出す。涙が出るほど笑う。笑いが止まると、息も絶え絶えだ。

「あー、おなかが痛い」と彼女は言う。

「サルマ」と私は頼む。「サルマ、友達ならこのこと誰にも言わないでよ」

また笑い出しそうになるのを抑えて、サルマは不満気に鼻を鳴らす。

「サルマ」と私はまた言う。「学校でみんなにザイアナなんて呼ばれたくないのよ。あのオカマ、狂ってたわよ」

「さーあねぇ」というのがサルマの答えだ。そして彼女はにやにやしながらノートに目を戻す。

学校まで歩いて行く間、サルマとの会話が弾まない。彼女は頭の中にある一つの考えをどうしても追い出すことができないみたいだ。私は、課題の締め切りのこととか、宿題のことか、どの先生が退屈で、誰がかっこいいが奥さんが不細工で、誰がどんな車に乗っていて、誰が自転車通勤でぴっちぴちの自転車用ショーツを穿いているかなんていうことを話そうとする。でも彼女はどの話題にも乗ってこようとしない。

高等専門学校に着いてみると、人が一杯だ。ロビーで何か販売しているらしい。一週間するとバレンタイン・デーだ。写真立て、〈永久に友達〉と書いたTシャツ、ハートの絵のカード、〈紫水晶〉とか〈鷹眼石〉とかの名前の付いた癒しのクリスタルを売ってるブースもあるが、どれも二つ一組で買わなければならない。空気で膨らませるソファまで売ってる。サルマは、恋人たちが赤い紙のハートにメッセージを書いて画鋲で留めることのできる掲示板のところで、サザリーと会うことになっていた。私はメッセージのいくつかを読んでみたが、〈私たちの愛が永遠の炎のようにいつまでも燃えますように〉とか〈あなたに会うまで私は道に迷っていた。私たちを結びつけたのは運命。その運命は決して私たちを引き裂くことがない〉とか、ほんとに馬鹿馬鹿しいものばかりだ。

「もう食べた?」とサザリーがサルマに訊く。

「まだよ。お昼食べに行く?」サルマが訊く。

「いいよ」とサザリーはにっこりし、隠れていたえくぼが現れる。

「さっき、この人に起こったこと、信じられないわよ」とサルマ。

私は二人の後ろで突然立ち止まる。「サルマ」と私。「サルマ」

「何?」彼女が尋ねる。彼女はにやにやしている。「何?」と彼女はもっと大きな声でもう一度尋ねる。

その時私は、なぜ世の中の人たちはみんな何かの振りをしなければならないのかと自問する。あのオカマは、大きな顔にざらざらの肌をして、他人を騙せると思っているのだろうか。そしてサルマは、急に信心深くなってトゥドゥンを被ったりして。そしてブギス通りは、冷やかしの口笛がピーピー鳴って街灯の支柱にブラジャーがぶらぶらしているかつてのあの場所ではないような振りをして。そしてあのバングラデシュの労働者たちは、自分たちとは関係ないというようにオカマを見なかった振りをして！　私は振りをすることにむかつきを覚え始める。私は手を伸ばすとサルマのトゥドゥンを頭から引き剥がす。あのオカマから鬘を引き剥がすみたいにすっかり引き剥がす。サルマは叫び声を上げ、人々が私たちの方を見る。

「何するのよ！」彼女は大声を出す。

サルマの髪の毛は後ろで上げて団子にしてある。サザリーは、怒りあるいは当惑あるいは両方の入り混じった表情で私を見る。私は彼を見返す。私は彼のためにこれをやっていると言いたいのだが、彼には理解できないだろう。私はピロティで初めて彼に会って以来、彼のことばかり考えていると言いたいのだ。でもサルマのトゥドゥンは私の手の中でくしゃくしゃになって、何も語らない。

誕生日

Birthday

「おまえの宝石を質に入れてくれなんて言ってやしないよ」とロスミナの夫は言う。

ロスミナは自分の財布から五十ドル札を抜き出す。二日分の仕事に相当する。それはきちんと折りたたまれて財布の特別の場所に入れてあった。友達のカーラの誕生日プレゼントを買うつもりで取っておいたものだ。ロスミナの誕生日に、カーラはサンドイッチメーカーをくれた。ロスミナはセロテープをゆっくりと剥がして、慎重に包みを開けたのだった。その包装紙をあとで引き出しの中に敷くのに使った。サンドイッチメーカーはほうろう引きの白で、パンが焼けると点滅する黄色いランプが付いていた。それで作ったサンドイッチは三角形で、外はパリッと中は柔らかく、ロスミナは間にクラフトのチーズか鶏印缶詰の鰯を挟む。夫は仕事にサンドイッチを持って行くので、ロスミナはそれをアルミホイルに包むのだ。

「月末までには返すよ」と、ロスミナが五十ドル札を彼の傍らに置くと、夫は言う。嘘には慣れている。というか、忘れてしまうことには。どちらにせよロスミナにとっては同じことだ。相手が目を背けなければならないくらいじっと顔を見て彼女がそのお金を直に手渡す時の夫の怒りにも慣れている。そういう時には、顔が歪んで、彼は荒れ狂い、自分が貧乏でそこまで妻の金を必要としてると本当に思っているのかと訊く。

風がベッドから吹き飛ばしてしまわぬうちに夫は札を拾い上げ、シャツのポケットにしまう。

「子供たちはどうしてる?」と彼は次に尋ねる。気取り屋で黙っていられないのだ。ロスミナはパチンと財布のボタンを閉じる。その音を彼女はその後いつまでも覚えていることになるだろう。忍耐強く、彼女は寝室の鏡の中の夫に答える。

「大丈夫よ」

「学校で問題は?」

「ないわ」

「何かサインするものは?」

「ないわ、何も」

「落第点があったらサインしないぞ」

「うちの子たち、落第点なんて取らないわ」

「わかってるさ。怠けてることがわかったら、サインしないってことだ」

「うちの子たち、怠けたりしないわ」

「わかってる」夫はちょっと言葉を止めて気分を落ち着かせる。「そんなことわかってるよ、おまえに教えてもらわなくても」夫はあくびをし始める。本当のあくびかもしれないし、嘘かもしれない。どちらにしても、夫は、眠い、電灯を消せ、とロスミナに言う。ロスミナはスイッチの方へ歩いて行き、なぜ今夜は自分の指はどれもこれも言いなりになることしかできないのだろうかと思う。暗闇の中で、彼女は夫の声を聞く。打ち解けてしかもよそよそしいものだ。

「まだ起きてるのか」

「まだ寝る時間じゃないような気がするから」

「今何時だい」

「もう十二時だと思う。でも寝る気がしない」

「横になって目を閉じろよ。目を開けたら朝になってるさ」

「ちょっと子供たちを見てくるわ」

「みんな寝てるさ。見に行ってどうするんだ」

「部屋に蚊取り線香を点けてやるわ。今夜は蚊が多いから」

「蚊なんていないよ。でもいるなら、この部屋にも一つ点けとけよ」

「点けとくわ」

「すんだら、来て寝ろよ」

「蚊取り線香点けたらね」

「明日、早いんだろ」

「あんたもでしょ。私より早く起きなきゃいけないでしょ。私は後で寝るわ」

ロスミナの夫は長い間黙っていて、いつの間にか眠ってしまう。五十ドル札をシャツのポケットに入れたまま眠る。しわくちゃにしてしまうかもしれないし、しないかもしれないが、朝になってもまだそれはそこにあるだろう。一瞬、ロスミナは踵を返して夫のところへ行き、金を返してくれと言い、それは別の誰かのために貯めてあったのだと主張したいと思う。しかし、彼が寝返りを打ってぶつぶつ言っても半分言葉にならない弁解ぐらいだと思うと、腹が立つ。彼女は子供たちの部屋へ向かう。

部屋は窓の外のオレンジ色の街灯にぼんやりと照らされていた。微風がカーテンを部屋の内側へリズミカルに押す。子供たちはマットレスの上に並んで寝ている。モハマド・ロスリは頭を枕の下に埋め、シティ・ヌライニの半開きの口は、足形だらけの壁の方を向いている。マットレスの横には勉強机があり、それには黒くなってチカチカする蛍光灯が付いていて、松材仕上げに似せた表面に二人の子供たちの名前がマーカーで落書きされている。机の上には棚が付いており、ページの隅を折った教科書、ファストフード店のハッピー・ミールのおまけのおもちゃ〈箱から飛び出るダルマチア犬に、スクーターに乗ってにんまりしている熊〉が、運動会の脚を入れて走る袋競走と徒競走でもらったトロフィーと一緒に置いてある。

机の側面にはステッカーが貼ってある。子猫のや、フットボール選手のや玄関の戸に貼るはずの〈ご近所で警戒しよう〉のまである。きれいに剥がしてしまおうとしたことがあったらしくて、中には半分剥がれかかったのもある。板に繊維質の汚れを残し、爪で引っ掻いた跡から松材の木目が透けて見える。

子供たちはそろって寝息を立てている様子だ。いかにも兄妹らしい。シティ・ヌライニがまだ二歳の時、ロスミナは四歳の兄に、妬んだりせず、長枕に抱きついている妹の背中を優しく叩いて眠らせるように教えた。シティ・ヌライニが水疱瘡に罹った時、兄のモハマド・ロスリは紫色したヨードのローションが妹の体に点々と染みをつけるのを見て泣いたのだった。でも二人とも学校へ行くようになると、よく喧嘩した。おととい の晩など、モハマド・

ロスリは妹の向こうずねを蹴りさえした。ロスミナはかがんでまだ傷があるかどうか確かめ、シティ・ヌライニのふくらはぎに触る。シティ・ヌライニは少し動いて顔をしかめ、それからまた安らかな表情に戻る。

その朝、彼女はロスミナのブローチを学校へ持って行き、それを無くしていた。彼女は泣きながら帰って来て、ロスミナは娘の背中と肩を叩いたのだった。モハマド・ロスリはどの課外活動をやったらいいかと彼女に訊いていた。彼は、親友のアズミが入るのでカデット・スカウト〔十二歳以下の子供たちを様々な活動を通して良き市民に育てることを目指す団体。現在はカブ・スカウトとなっている〕に入ることを考えていた。ロスミナは、制服一式が四十ドルすると知ると、きっぱり駄目と言った。二人がその華奢な体に窓格子の影を映して眠っているのを見ると、ロスミナはどうしてこんな子供たちを叩いたりその希望を拒んだりできるのかと思う。彼女は両方やったのだ。

ロスミナは自分の人生における四人の人たちのことを考える。夫と二人の子供とカーラだ。半導体の部品を作る工場での第一日目に会ったカーラ。その頃ロスミナはシティ・ヌライニを身籠って五か月の身重だった。夜勤の時で、ロスミナは息子のモハマド・ロスリがもう寝たろうかと考えていた。大きなお腹の上から黒いエプロンを掛けているのが変な感じだった。周りの女たちはみんな顔つきが粗野で、中には金の歯の詰め物を見せびらかして大声で笑うのもいた。カーラはというと、大柄な人で、ぎょろ目で髪の毛がくしゃくしゃだった。にっこりすると黒ずんだ歯茎が見えた。ロスミナが初めて席に着くと、向かいのマレー系の女の人が彼女に話しかけた。

「新人？　見たことない顔だね」

ロスミナは頷いた。彼女は抵抗器について上司が教えたことを思い出そうとしていた。手が冷たかった。

「私ら何作ってるか、知ってる？」と女の人は訊いた。彼女は被り物を着けて、目の周りをコール墨でくっきりと縁取りしていた。

「よく知りません」ロスミナは答えた。

「これみんな、ロケットの部品。私らみんなロケットの部品をつくってるんだ。みんな後でアメリカへ送るんだよ」

「本当？」

「そうよ。知ってるだろ、ロケット、月へ行くやつ。部品をこのブドックで作ってるなんて誰も知らないよ」女の人はにこにこしていた。「だからきちんと仕事しなくちゃね。あんまりぼーっとしてたら駄目。後で宇宙で爆発が起きるよ」

「ジュー！」ロスミナの背後から声が響いた。「ジュー、あんた何教えてんのよ。誰だか知らないけど、ジューの言うこと真に受けちゃ駄目よ。他人にちょっかい出すのが好きなんだよ。あんたをからかってるだけ。真に受けちゃ駄目」

「何よぉ、シーダ！　面白がってるだけだよ、この新人さんをからかって。邪魔しないの。ここの仕事、退屈なんだよ。みんなちょっと楽しい目をしたいのに、あんたが邪魔するんだから」被り物を着けた女の人は友達に向かって大声で言い、それからもう一度ロスミナににっこりして、自分の仕事に戻った。

一時間するとロスミナは疲れを感じた。他の人たちは眠気覚ましにコーヒーを飲んでいたが、ロスミナはコーヒーは飲まなかった。彼女はモハマド・ロスリは寝ただろうかとまた考えていた。泣きたい気持ちだった。そうすれば悲しみが和らぎでもするかのように無理に微笑んでみたが、かえって悲しみを募らせただけだった。数秒の間なんとか微笑を保っていたが、それができなくなると、彼女の顔にはまた情けなさが広がった。これを何度か繰り返してみて、彼女はそれがいくらか慰めになると思った。

「ちょっと」彼女の左側から声がした。

ロスミナは身を硬くした。インド系の女の人が彼女に話しかけていた。

「あんた、何か食べてる？」インド系の女の人は尋ねた。

ロスミナはにっこりせずにいられなかった。「なんにも」

「スルメは？　持ってたら、分けて。私もスルメ好きなんだ」

「いえ、スルメ持ってません」

「じゃ、何？」

「なんにもないの」

「私の名前はカーラ。あんたは？」

「ロスミナ」

「ここの仕事気に入った？」

「ええ、まあ。なんとかやれそう」

「わたし、もう三か月になる。まだ慣れない。すごく眠たい」

「そうですか」

「喋ってよ。そしたら起きてられるから。マレー語話せるよ。前にお隣がマレー人だった。

だから覚えたんだよ」

「大丈夫。前に英語校へ行ってたから」

カーラはロスミナのせり出したお腹を指差した。

「その子、何か月？」

「五か月」

「もう名前決めた？　男？　女？　もうベッド買った？　安く買えるところ知ってるよ。いとこが家具屋なんだ」

カーラのどの質問にどの順序で答えたらいいのか、ロスミナはわからなかった。他にどうしていいかわからなかったので、彼女はただ微笑んだ。出し抜けに、胎児がお腹を蹴るのを感じた。ロスミナはカーラの方を見た。

「彼女、私たちが自分のことを話しているのがわかってるのよ」

「女の子なの？」

「ええ。もう男の子が一人いるの。だからこの子は彼の妹。女の子が欲しいと思ってたの、男の子って怠け者だから」

カーラはげらげら笑い、歯茎が見えた。

「女の子はいいよね」と、カーラは親指を立てて言った。「一緒に台所にいてくれる、料理してくれるようになる、それから学校へ行く時髪の毛を括ってやることができる」

「そうね。あなたにも女の子がいるの?」

「私、結婚してない。私と結婚したい人なんていないよ。目が大きくて、男みたいに笑うし。私と子供を作りたい人なんていない。目がもっと大きな子だったりして。人が怖がるよ」

カーラがそんなことを言うのを聞いた時、彼女が男の人みたいにげらげら笑っているのでなければ、ロスミナは黙っていただろう。カーラは孤児院で育ったのですぐ笑うということをロスミナは知った。一週間経たないうちに、ロスミナとカーラはすっかり友達になった。食堂で二人は隣り合って座り、ロスミナは小学校へ行っていた頃のことを思った。船員だった父親が行方不明になったので、彼女は四年生で学校をやめた。それから彼女は母親が駅で食べ物を売るのを手伝っていたのだった。餅菓子や汁そばを作り、人々はロスミナを「ねえちゃん」と呼んだ。

注文した食べ物ができるのを待ちながら工場の食堂に座って、ロスミナは小学校の友達はどうしているだろうか、あまりにも早く学校をやめてしまった自分のことを覚えてくれている人がいるだろうか、と考えた。でも、カーラが舌を噛んで（初めて出会ってすぐにロスミナが気づいたカーラの癖だ）サトウキビジュースと屋台料理を載せた盆を傾けないようにしながら歩いて来ると、ロスミナは失った時の埋め合わせはできると思った。

この三晩、ロスミナは寝ていなかった。夫が鼾をたて始めると、彼女は部屋を抜け出て台所へ行った。カーラの誕生日は丁度一週間後で、ロスミナは新聞を開いて、どこのデパートがセールをやっているか調べた。オリエンタル百貨店のフルーツジュースメーカーが目に入った。バーゲン価格のスチームアイロンもあったが、そごう百貨店でしか売っておらず、場所が都心のどこか遠い所なのだ。

彼女には心を躍らせる理由がいくつもあった。財布には五十ドルあった。この六か月必死の思いで貯めてきたものだ。カーラにはお腹が一杯だと言って仕事場での遅い夜食を抜かしたり、時にはヒヨコマメやスイカの種などの食べ物を家から持って行ったりもしたのだった。もしかすると、彼女が一所懸命なのは、そんなにたくさんのお金を貯めることができて、それを自分のためではなく誰か他の人のために使う、というとんでもない考えと何か関係があるかもしれなかった。夫はなんて思うだろう。あるいはもしかすると、彼女はこれまで誰かのために贈り物を買ったことが無かったからかもしれない。子供たちにおもちゃを買ってやったことはあった。しかしそれは、アクションもののフィギュアとか女の子向けの人形（シティ・ヌライニは、立たせれば瞼が開き横にすれば閉じるのを持っていた）などで、食料品店の軒先にヤシの繊維でぶら下げてあるものを指差したから、いつもその場で買ってやったものだ。単に退屈しているからおもちゃをねだったのではないかと疑い、自分のために買ったのはおもちゃの値段の十分の一ほどのふきんとか洗濯ばさみとかだったりで腹立たしく思いながらも、ロスミナは子供たちを黙らせるために買ってやったのだった。

だがカーラへのこの贈り物は違っていた。密かに用意しなければならなかった。驚かせるようにしなければならなかった。ロスミナの望んでいるのはそれだったのだろうか。驚かせることだったのだろうか。ただでさえ大きなカーラの目が一層大きくなって、ヘンナで染めた爪がその贈り物を撫で、多分それを振ってみて、耳元に近づける。ロスミナはその光景を頭の中で百回は繰り返した。朝、勤務の終わりの時、更衣室で、ロスミナは、自分のロッカーに何か詰まっていて取れないからと、カーラにちょっと待っててと言うのだ。カーラに見てみてくれないかと頼み、カーラは花柄の包装紙に包んでリボンを掛けた物を見つける。カーラがそれを取り出すと、お膳立てＯＫ。カーラのいつもの「うわぁーっ」がロスミナの耳に鋭く響いた。それから、「えーっ、私に？　ほんとーっ？　えーっ？　ちっとも言ってくれなかったじゃない……なんで……ちっとも……うわぁー……いくらした？」などなど。勿論、一種の仕返しなのだ。他の時はいつもカーラがロスミナを驚かせていたのだった。

ロスミナは台所へ行って腰を下ろす。室内は真っ暗だが、この三寝室のアパートに十一年住んでいるし、家具があまりないから、彼女はちゃんと歩いて行ける。子供部屋から台所へ行く途中に、いくつかのものが目に留まった。ビデオデッキのぼうっと光る数字、〈保温〉に合わせた電気ポットの猫の目みたいなオレンジ色の光、冷蔵庫と湯沸し器を運転するプラグに明滅する赤い四角の光。これらの電化製品のいくつかは結婚祝いにもらったものだったが、それはもうずっと前のことのような気がする。彼女と夫はガラスの器やクィーン・アン社製の銀製品とをそろりと取り出した。そしてお金を数えた。すごくたくさんだったので皺を伸ばして金額ごとに整理して束ねた。その時は必要なものは何でもその部屋の中にあるように思えた。彼らにはお金があった、スプリング付きのベッドがあった。電気スタンドを持ったのは両家の中で彼らが初めてだった。その夜だけ使ってあとは永久にしまっておく白いサテンのシーツもあった。彼らにはお互いがあった。勿論、シーツは一週間、二週間と使われ、やがて真新しい白さは無くなって、臭いが付いた。

台所の静けさの中で、冷蔵庫の心安らぐ音がする。ロスミナは自分用にオレンジを絞って、台所の腰掛けに落ち着く。こういう電化製品の光は夜中でも点いていて、まだちかちかしている。結婚祝いの品々、ビデオに電気ポットに炊飯器に電気湯沸かし器。今は電源を切ってあるが。ロスミナは想像する。電化製品が百台あって一度に全部使ったら、作動中を知らせる小さな光が天空に広がる星座みたいに彼女の台所に溢れるだろうか。もしかすると、暗闇の中のネオンの文字みたいに、何かの形、表示、明瞭な答えになるかもしれない。彼女の問い——自分が結婚した男を愛しているか。それとも、自分は愛した男と結婚したか、だろうか。結婚式で彼女が覚えているのは、あぐらを組んで座った夫が司式者の前で、「ラザリの息子アワンはアブダラの娘ロスミナを即金五十ドルの結納金でもらい受けます」と言わなければならなかったことだけだ。夫は二、三度つまって、最後にはきちんと言い終えたのだが、一度は「アブダラの息子アワンとラザリの娘ロスミナ」と言って、大いに笑いを誘った。彼がやっと言い終えると、周りの人たちは心から笑って「よーっし！」と大きな声で言い、彼の背中を叩いた。ロスミナはコップからもう一口啜る。彼女に夫は五十ドル遣ったのだった。

「ここへ来たことある？」というのがカーラの尋ねたことだった。

ロスミナは首を横に振った。遠くに細いネオンの光で傷がついたみたいな店舗付き住宅が見えた。気味の悪いピンクの鈍い輝きを放っていた。手すりの向こうに川が見えた。そのぬらぬらした筋肉で一艘の荷役舟をこちらへ向かって引きずってきていた。舟には赤い光が一つ点っていて、年老いた中国系の男が煙草を吸っているのが見えた。男は彼女の方は見上げなかった。両岸近くには漣立つ水面に白い電灯が点々と光を映していた。

「前に彼がここへ連れて来てくれたんだ」カーラが言った。

「恋人が？」とロスミナが尋ねた。

「恋人って言わないで。今、どこにいるか知らない。もう誰も電話に出ない。三日前の夜は出たけど。それが最後だった」

「どうして私をここに連れて来たの？」

「前に彼がここに私を連れて来てくれたから」とカーラ。「ここに座った」

ロスミナは前かがみになって水面を覗き込もうとしたが、突然の眩しい光が一瞬彼女の目をくらませた。その光は夜になると橋をライト・アップする蛍光灯から来るものだと彼女は気がついた。遠くから見ると冷たい象牙の輝きを持つように見えるものだ。

「私の脚に手を置いたよ」とカーラが言い、ロスミナは、カーラの唇からこのように言葉を引き出しているのは川かそれとも自分自身なのかと思った。「私、彼の手を押し返して、笑った。彼、少女みたいに笑うって言ったよ」

「彼、なんて言ったの?」ロスミナは思わず訊いた。「彼、電話でなんて言ったの?」

カーラは溜め息をつこうとしたが、それを微笑みに変えた。「彼、言ったよ、奥さんがいるって。インドに」

「そう」

「奥さんの名前、言ってくれなかった。大事なことじゃないって。私は大事なのかって訊いた。勿論、って彼は言った。でなきゃ、君にいろいろ買ってやったりしないって」

カーラはロスミナに指輪を見せた。それは彼女の薬指に嵌められていた。簡素な指輪で、鈍く輝いていた。

「指輪を返して欲しいかって訊いた。彼、いや持っていてって言った。僕はそういう人間じゃないって言った。指輪を持ってて欲しいって」

「カーラ」

「ロスミナ、私は汚れた女だよ。汚れた女のような気がする。これまで誰もそんなに近づけたことはなかった。そんなことは若い女の子のすることだよ。私は大人の女だもの」

「カーラ。男の人ってそうよ」

「昔、孤児院で院長先生がいつも言ったよ、このカーラは目がすごく大きくて閉じるのがとてもむずかしい。だからなかなか泣けない、カーラは何をしても泣かすことがとてもむずかしい、って。でもこういうことされて、何もかも自分の中にしまっておくことなんてできないよね」

ロスミナはカーラを自分の肩に凭れさせた。お互いの肩に凭れ合うのをテレビで観たことがあったのだ。カーラの体が自分の体のそんな近くにあるので自分の感覚がよくつかめなかった。カーラが例の低い声で話すと、ロスミナは自分自身の体が共鳴するのが感じられた。

「男の人ってそうよ」

「ロス、お腹の大きいあんたに初めて会ったあの日だったと思うけど、私もそんなふうになりたいって思ったんだよ。いつかね。自分の子供を持つんだって。私には親がいない。でも子供を持てないことはないよね？　この人に名付け親になってもらおうとも思った。おしめの当て方も教えてもらえるって。赤ん坊にげっぷさせることも」

カーラは笑い出した。

「ロス、私、前、いろいろ空想したんだ。赤ん坊に私の指を握らせたい。テレビで観るように、風呂に入れたい、慎重に頭を支えてさ。でも、ロス、今、出来てみると、もう欲しくない。欲しくないんだよ。空っぽ。私の中で何かが育つわけ無いよ」

カーラは溜め息をついた。それからゆっくりと指輪を外すと、人差し指と親指で摘まんで掲げてみた。

「名前のせいだよ」とカーラ。「私の名前、マレー語でなんの意味か知ってるよね？〈負け〉。私はいつも負け。誰がこんな名前つけたんだろ」

ロスミナは言うべき言葉が見つからなかった。見回すと、上半身裸の男が三人、水面に釣り糸を垂らしていた。男たちは汗をかいていて、体が光っているのがわかった。彼らが立っている橋はカヴェナ橋と呼ばれていた。背後には巨大な鋲の付いた大きな梁が渡されていた。ロスミナは、工場での最初の日、ロケットを組み立てているのだと女の人に言われたことを思い出した。見上げると、満月だった。月はロケットに乗った男たちだけのものじゃないはずだという考えが浮かんだ。

「カーラ」、ロスミナは尋ねた。「カーラ、どうしたいか決めなきゃ。どうしたいの？」

カーラは友達の肩から自分の体の重みを外した。彼女はにっこりすると、自分の全部の指に掛かる重りの指輪を外した。それは蛍光灯の前を落ちながら一瞬きらめき、二人の知る由もない闇と川との深みの中に呑み込まれた。

「どうでもいい」

ロスミナは訊いた「どうでもいいの？」

カーラは言った、「どうでもいい」

一時間もすれば夜が明ける。子供たちを起こさなくてはならないし、娘のシティ・ヌライニは髪を洗うべきかどうかと訊くだろう、そしてロスミナは前の晩に洗ったことを思い出させるだろう。息子のモハマド・ロスリは朝御飯を食べながら眠ってしまうから起こしてやらなくてはならないだろう。彼の口は大きく開いていて、口蓋の形にへしゃげたパン切れが口の角からだらんと下がっているだろう。早く起こしてやらないと、パン切れが口から落ち、妹が笑い出して止まらなくなる。

ロスミナは子供部屋の戸棚を開けて、蚊取り線香の箱を取り出す。プラスチックの容器を引っ張り出し、四巻のうちの三巻が折れているのに気がつく。それからロスミナはその線香をもっと細かく砕き始めるが、プラスチックのカサカサという音が子供たちを起こしかねないことに気がつく。決然として止め、思う。自分はおかしい。プラスチック容器の中の折れた蚊取り線香をじっと見て、自分に言い聞かせる。この世に幸せはない。あったとしても、私のものじゃない。

それからロスミナは寝室へ向かう。夫は鼾を立てている。彼女は一晩中眠らなかったことに気がつく。のろのろと彼女は夫の横に落ち着く。夫の髪の毛は薄くなってきていて、腕が頭のてっぺん近くに置かれている。ロスミナは目を閉じる。たとえ三十分でも眠りたい、鳥たちが外でやかましくし始める前に残った夜をとらえたい。ロスミナは、時折、たまたま夜明けに目を覚ました時など、目に見えない鳥たちの微かなさえずりやほら吹き鳥の声を聞くことがある。鳥たちは冷たさを感じることができるのだろうか、羽に露をおいて朝空に上がって来たのだろうか、とロスミナは思う。

眠りはやって来ない。その代わりに、ロスミナは萎えが樹液のように脚や太腿や腹を這い上がってくるのを感じる。彼女は身を縮め、昔母親が言ったことは本当だろうか、体が凍り付いて麻痺したように感じたら、それは悪霊が体の上に座っているというのは本当だろうかと思う。耳の中で気も狂わんばかりのこだまが喘ぎ、彼女は必死になって心を他のことに向けようとする。

カーラは誕生日に何かをくれた。彼女の誕生日には何かお返しをしたい。当然のことだ。ロスミナは、萎えがとうとう両手にまで達することを恐れるかのように、両手を伸ばす。流砂みたいな自分の体から両手を引き寄せて、震えながら顔に持ってくる。彼女は「神様、お助け下さい」と小声で言ってから、左手を夫の脇腹に伸ばす。暗闇の中で夫のポケットをそっと探る。指を滑り込ませ、中に押し込められたピンピンの五十ドル札に触れる。彼女がまさにそれを抜き取ろうとする時に、夫は彼女の手を握り溜め息をつく。彼は何か言い、そしてロスミナは、まるで脇腹に開いた穴から漏れ出てしまったように、萎えが消えたことに気がつく。鋭いベルの音が聞こえ、それが子供たちの部屋の目覚まし時計の音であることが彼女にはわかっている。

台所で、ロスミナはひたすら自分の両手に注意を集中する。パン入れを開ける。冷蔵庫からバターとジャムを取り出す。色の剥げたマグカップにミロを入れる。シティ・ヌライニの髪を括っていると、モハマド・ロスリがこう訊くのが聞こえる。

「お母さん、なににこにこしてるの？」

子供たちを戸口で送り出してから、ロスミナは再び台所へ向かう。彼女は窓から外を覗いて、清掃員がゴミ箱を積んだ車を押しているのを見る。ロスミナは窓格子を開ける。身をのり出して、妙な風が吹いているのを感じる。戸棚の所へ戻って、子供たちの朝食を作るのに使ったサンドイッチメーカーのプラグを抜く。彼女の五十ドルはまだ夫のポケットの中にある。彼女の手を握った時、「ねぇロスミナ、一晩中寝ないのかい?」と彼は言ったのだった。

ロスミナは窓から外へ両腕を伸ばした。手の中でサンドイッチメーカーが重い。それから彼女は指を離す。指は彼女の意志に従う。サンドイッチメーカーはコードとプラグとを引きずりながら落下し、一瞬、ロスミナはカーラのポニーテールが真っ直ぐに落ちてゆくのを見るように思う。ロスミナは目を閉じて窓縁に置いた拳を握り締める。自分の中の何かが外へ飛び出すのを感じる。それはある軽さで、大きな音と叫び声に彼女が目を開けるまで続く。

見下ろすと、モハマド・ロスリがシティ・ヌライニを慰めているのが見え、彼女のしたことの結果である残骸が見える。ほうろうの塗りが粉々になってしまっている。シティ・ヌライニは泣いているが、それは驚いたからでもあるが、大方はそのサンドイッチメーカーが自分のうちのものだとわかったからだ。モハマド・ロスリは台所の窓を見上げ、ロスミナが見下ろしているのを見る。そんな距離を隔てて二人の目が合い、ロスミナは何か言う。彼女はカーラの顔に見たかった表情を、息子の顔に見る。あの信じられないという表情を。ロスミナ、おとなしいロスミナが、という衝撃を。誕生祝いは彼女のすすり泣きに掻き消されて。

ディスコ

Disco

時折、家の外で風のあまりない時など、ロバートはベッドに横になってあれでよかったのだろうかと考えた。五年間妻だった女のことを考え、家を出るべく荷物をまとめた夜のことを考えた。彼は、彼女に告げた時の彼女の表情を思い出した。実際に口頭で言ったわけではなく、メモを書いて彼女の鏡台の上にあったポンズ・コールドクリームの瓶の下に置いておいたのだった。彼が仕事から帰ると、そのことで彼女は彼と対決した。本当のことを言おうと決めたのはその時だった。ロバートが一番覚えているのは、二人の寝室で衣類（ほとんどがそれからの二、三週間に必要なシャツで、単なる家庭内の危機で休みを取ってもいいとは思っていなかった）を畳んでいたことと、彼女が居間で泣いていたことだった。二人が別々の家に住んでいて隣の住人の立てる聞き取れぬ音に耳をそばだてているみたいで、泣き声はひどく悲しげで忍びやかなものだったから、盗み聞きするのは子供じみているし心ないと思われた。彼女は電気も点けていなかった。

三十五にもなってこんな決断に至るのは遅すぎるとわかっていた。しかしそれは常に彼の心の奥にあったものなのだ。それは一つの腫瘍で、治す唯一の方法は、それがそこにあってどうにかしないと大きくなり続けるということを認めることだと、自分ではいつも考えていた。それは彼の体を支配するようになって、いつか妻は、彼が自分のそれまでの人生が偽りだったという意識でにっちもさっちも行かなくなり、ベッドの上で固まってしまっているのを発見することになるのだ。家の中にあるあらゆるもの——コーヒーテーブルの下にあるアルバム〈甘い思い出〉とか〈フローラル・デザイン会社〉などといった表題が浮き出しになっている）から、鳴き声だけではその部屋の静けさを埋め合わせることができないとばかりに鈴まで付けられたポメラニアンや、不妊治療クリニックの予約カードまで——が後悔の念で穢されていた。ああするほかなかったのだ。

とはいえ、頭の中でロバートは居間で妻のすすり泣く声をまだ聞き続けていた。ティッシュペーパーを、怒りに駆られて一度に二、三枚掴んで、べとべとした黄色い傷からガーゼを剥がすみたいに箱から引き出す耳障りな音が聞こえた。よくもあんなに泣けるものだと思った。翌朝、目を覚ますと（荷造りしたスーツケースを持って出ることは止めにした。夜中に誰かのドアをノックして迷惑を掛けたくはなかった）、妻はいなくなっていた。後にティッシュペーパーを残していた。どれもくしゃくしゃで、お通夜の飾りのカーネーションみたいだった。暗がりの中で泣いている妻とテーブルとカーペットに散らかっている解体された悲しみの花輪の記憶が、また新たな腫瘍になるのだろうかと彼は時々思った。

日曜の夜には、ロバートはクラブへ行った。そこにいる人たちは大抵自分より若かった、というか彼はそう思っていた。中にはアイシャドーを付けているのもいれば、ハンドバッグのようなものを持って——但し背負えるようにストラップ付き——いるのもいた。それから大きな胸が化石化した枕のように見える人たちもいた。彼らを見ると、ロバートは怖いと思いもしたしぞくぞくしもした。ああいう胸だったらどんな感じがするだろう、どんな柔らかさあるいは硬さなのだろうと想像した。鎧の胸当てのようにかっちりしているのだろうと思っていたが、筋骨隆々の隣人が上半身裸で家の前をジョギングして通り過ぎるのを見た時、胸が柔らかな肉のように揺れているところを見たことを、彼は思い出した。金を出せば、その晩ただ胸に触らせてくれて、自分の好奇心でうずうずする指にどう反応するか試させてくれる人がいるだろうかと考えた。彼は、市場で魚を指で押してみるようなやり方ではなくて、頭痛を和らげるためにこめかみを撫でる時のように優しく触るだろう。

ロバートはとりあえず車の中に座って、入店待ちの列を眺めながら夜が更けるにつれてそれが短くなるのを待った。列に加わりたくはなかった。一つには、ふさわしい服装をしていなかったからだ。ぴっちりした上衣を着ていなかったし、髪をジェルでツンツンにしていなかったし、アクセサリーとして煙草を持ってもいなかった。ロバートは並んでいる男の子たちをこのようにとらえていて、時々、彼らの中にはちらちらと自分を見ている者がいることに気がついた。あたりは真っ暗だったが、彼らが自分のローヴァー車ではなくその中にいる自分を見ていると、ロバートは想像したかった。妻は家を取り、ロバートはなんとかローヴァーを確保したのだった。目下のところ、ロバートはホランド・ヴィレッジのアパートに住んでいるが、それは当座の取り決めにすぎない。出て来て気分転換しろと言い、「クローゼットは防虫剤のためのもの〔英語で〈クローゼットから出る〉は〈同性愛者であることを公表する〉という意味〕」と壊れたテープレコーダーのようによく小言を言っている友人のワン・トゥンが、シドニーのマルディグラ〔世界最大級のゲイの祭典〕に是非とも参加しなければと出かけたオーストラリアから帰って来るまでの管理人に過ぎない。

深夜十二時頃、カーラジオで空疎なお喋りを続けるＤＪにさすがにうんざりしたロバートは、車から外へ出た。入り口で財布に指を突っ込んで十五ドル取り出し、用心棒たちから目を逸らして、スタンプを押してもらうべく手を差し出した。

用心棒の一人がもう一人に冗談を言い、二人とも笑っていた。ロバートの手に入場許可のスタンプを押した用心棒は、まるでロバートが献血でもするみたいに落ち着きはらって彼の手首を取った。ロバートが用心棒の顔を見ると、彼はにっこりして「お楽しみを」と言った。彼は頭が禿げていて、シャツの上の方のボタンを外していた。彼の歯は表面に文字が書けるくらい大きく、テレビのクイズ番組の標示板みたいだった。

クラブに来るのは四回目だったが、ロバートはまだ入り方がわからなかった。開けたオーブンから出る熱気のように、音楽が彼の顔めがけて炸裂するのを感じた。ズンズンという低音のリズムが腹に堪えた。ロバートは深呼吸を一つしてクラブへと続く階段を上がると、両手をポケットに入れて車の鍵があるかどうか確認したが、それは手を隠すための口実にすぎないとわかっていた。両手をどうしたらいいのかわからなかったのだ。手すりに置くのはいかにも初心者的過ぎるし、気恥ずかしく感じずに両手をスイングさせるリズム感を持ち合わせているとは思っていなかった。

周囲を見回して、ロバートは改めて驚きを覚えた。こんなに大勢の美しい男たちを見たことはなかった。どこから来たのだろう。昼間は何をしているのだろう。ロバートは両手をまだポケットに突っ込んだまま歩き回り、いつもの自分の場所がティーンエージャーのグループに占領されているのを見てがっかりした。彼らは四人で、超然と周りを見渡していた。二人が煙草を吸っており、火の欲しい一人が友達の方に向いて、神々しい指先のような火の点いた煙草を自分の煙草に当てた。

ロバートはずっと前に観た映画を思い出した。輝く指が人間の指に触れると傷が癒されたのだった。デートで観た映画で、肘が触れ、肩が凭れ合い、それからふいに二人の手が絡み合ったことを思い出して、ロバートは微笑んだ。長い髪、その中に自分の頬を押し付けたこと、壊れたハープみたいにそれを爪弾いたこと、そして映画が全然わからなかったことを思い出した。だが今、彼はその映画の題名を思い出せなかったし、それに続いた結婚式のこと、ウェディング・ケーキが何層だったかなどということをこまごまとしたことも、思い出せなかった。そして彼は彼女の名前を思い出すまいとした。思い出せば、それを心から消し去るためにしばらく目を閉じていなければならないし、混雑したクラブでそれをしたくはないからだった。彼の心に蘇えってきたのは、暗い館内のある種の温かさと、奇跡めいたものを表現するスクリーンの中の二本の指だけだった。

四人の若者たちは周りで起こっていることに無関心なようだった。彼らは立ち上がって踊ろうとはせず、その目は関心も示さず品定めもせぬままに周囲の人たちを漫然と見ているようだった。彼らの目はミラーボールか遠い惑星のようで、そこから送られてくる細い光線は、妖しく光る魚のように人々の顔や体の上を滑っていた。石の合唱隊。赤いベルベットのソファに座って観察しているが、まるで息をしていないかのようにじっと動かないから、一人が瞬きする度にそれは呼気みたいで、ロバートもそれに合わせてほっとして息を吐いた。

いつものことながら、演奏される音楽はロバート好みのものではなかった。いつだったかワン・トゥンにどんな音楽が好きかと訊かれて、ロバートは「センチメンタルなやつ」と言ったことがあった。どういう意味かとワン・トゥンは更に訊いたが、ロバートはきちんと答えられなかった。だが心の中では、それが何か軽いピアノ曲、それと蝋燭の灯、何かロマンチックなものと関係があるとわかっていた。しかし、「センチメンタル」同様「ロマンチック」という言葉が彼の音楽の好みを大して説明していないことにも気がついていた。そうした言葉は、その時その時で意味があったりなかったりするものだ。

実際、スピーカーから大音声で繰り出される歌は、狂ったようなビートやら女性歌手の金属的な叫び声やらで、ロバートは辟易させられた。周囲を見回すと、その音楽に合わせて大勢の人たちが身をくねらせており、両腕を空中に投げ上げたり、犬が雨上がりに体を乾かそうとするように頭を振り回している者がいた。また、体はじっとしているが、落ち着かなく脚でリズムを取り、何か聖なる光、何か恍惚とさせる啓示を受けているかのように頭を上に向けているのもいた。ロバートはバーカウンターへ行くことにし、テキーラを注文した。歩いている時、二人の男が彼とすれ違ったが、仄かにコロンの匂いがした。あるいは香水かもしれない、とロバートは皮肉っぽく考えた。こういう場所ではどちらかわかりにくい。だが、男の一人の剥き出しの上腕が自分の肩に一瞬触れた時ロバートはぞくっとして、音楽にはまるでそそられないが、ここは自分のいるべき場所だと改めて確信したのだった。

ロバートが元の場所に戻った時、若者たちはまだそこにいた。ロバートはにっこりするとテキーラをもう少し啜り、寛大な気分になった。これまで三度クラブに来たが、そのソファは彼の席だった。彼がそこに座ったのは、踊れないという事実をごまかすにはそうするしかなかったからだ。今、四人の若者がその場所を奪ってしまった。ロバートは、自分同様彼らも踊ることに興味がないのだろうと思った。多分、自分の不器用さを周囲のみんなから隠しておいた方がいい奴がいるのだ。ここにいる連中は美しいものをすぐ見つけるし、その美しいものにはさまざまな才能がパックになって付いてくるはずだと思っているからだ（でもなんとうまく隠していることよ！）。ロバートは慰められたような気がして、この粉々に砕けた光と轟き渡る音楽の渦の中の自分のオアシスを奪われたとはもう思っていなかった。彼には仲間がいるのだ。グラスが半分空になっているのに気がつくと、ロバートは気取られぬようにしながら少年たちをもっとよく見てみることにした。自分の立っている所から一番近くに座っている少年は、頬骨が張って輝かんばかりだった。野球帽を被っていたが、庇は真ん中でしっかり折られていて、その下で目がぎらぎらしていたが、それはこの光の混沌の中でほとんど金属みたいに見えた。この少年にロバートは突然近づいて行った。胸の中でテキーラがまだ温かく、グラスの中で氷が微かに音を立てていた。

「やぁ！」ロバートは少年に声を掛けた。

少年はロバートの方を見上げたが、にこりともしなかった。

「僕、ロバートっていうんだ」

少年の冷たい視線に晒されながら、ロバートは自分の飲み物の火を燃やし続けていた。

少年は、「やぁ、僕……」と言ってから少し間をおいて「ジェイソン」。その場で思いついた名前だとロバートは思った。少年の自然な態度がロバートの首根っこを掴んだ。そんな見え透いた嘘に、突然ロバートは緊張が解けた。

「ディスコへはよく来るの？」ロバートが尋ねた。

少年は頷いた。

「その帽子、いいね」とロバート。

「どうも」と少年。

「そんなやつ探してるんだよ」

「欲しい？」

「いや、いいよ」

「ほら、取っときな」

「いらないよ」ロバートは退いた。

「いつでもまた買えるから」と少年は食い下がった。

「いや、ほんとにいいんだ」

「被れよ」

「いいの？」

「ああ」

「いいね、これ」

「似合うよ」

「ほんと？」

「あげるよ。じゃ、また」少年はロバートに帽子を押し付けたが、その時彼の唇の両端が鉤に引っ掛かったように僅かに上がっていた。

クラブを後にした時、ロバートは自分がまだ威厳を失わないでいると思った。威厳なんて単に滑稽に見えるのを恐れるということにすぎないと自分で納得した。それだけのことだ。誰だって野球帽を被る。若者も、年寄りも、女もだ。出口近くで二人の少年の傍を通った時、ロバートは彼らが手を握り合っていることに気がついた。顔の上にふわふわと光が降りかかって、解けかけの雪片のようだった。ロバートは自分を少年たちに重ねて、手を握り合うという単純な動作がごく当たり前である若さを想像しようとした。君たちぐらいの時僕は何をしていたかと自分に訊いてみたかった。僕はその頃何をしていたのだろう。

車に戻ると、ロバートはシートに体を沈め目を閉じて暗がりの中に座っていた。たった今自分は正しいことをしたのだろうか。彼は目を開けて、消音したテレビの画面を観ているようにクラブを眺めた。彼は照れながら帽子を受け取って被ったのだった。きつかったので、自分に合うようにストラップを調節した。その間ずっと、若者は、心持ち柔らかい髪の毛をして、初めて手品を見る子供みたいにほとんど飢えたような目付きで彼をじっと見ていた。ロバートがやっとそれを被ると、若者は笑みを漏らし、冷たい窓ガラスみたいな歯を見せた。

若者の連れもずっと見ていて、頭のサイズを比べるという私的な行為と思ったことが他の人間には仮装大会になってしまっていたことに、ロバートは突然気がついた。面白がる観客にどういうわけか相対する破目になってしまったみたいに、ロバートは間の抜けた軽いお辞儀をしたが、それは芝居じみたというには思い切りが悪すぎ、従ってひどく場違いなものだった。「ありがと。ぴったりだ」と言って、ロバートは四人の少年に背を向け、出口へ向かった。出口へ向かって歩いている間じゅう、拡大鏡で太陽光線を一点に集めるように背中に彼らの視線を感じていた。両手はポケットの中で親指を握り締めていた。

ロバートは少年との会話を再生してみた。ジェイソンみたいなのを何人知っているだろう。なぜ「贈り物」――そう呼べたとして――をくれたのだろう。若者は全部実験のつもりだったのだろうか。反応を試して人が驚くことで安っぽい快感を得るのは、仲間同様若者自身疲れ切って驚く能力を全部失ってしまっているからだろうか。それとも、場違いな服装で、すべてを失い、野外研修帰りの子供が見つけてきたスズメの卵を温めているみたいに両手をポケットに突っ込んでいるロバートを、哀れんでくれたのだろうか。一番簡単なのは物々交換の一形式ととらえることだ。ソファと帽子とを交換。埋め合わせといったところだが、でもなぜ帽子なのか。ソファのその場所がないとロバートは外へ出て行くしかなく、そうなると気まぐれな夜雨あるいは落ちて来るかもしれない木の葉から身を護るものが何か必要だと、彼らにはわかっていたのだろうか。不意にロバートは風景が秋に変わったと感じた。といっても、秋という季節を、ロバートはかつて妻だった人（「かつて」という言葉はロバートに痛烈に堪え、「勝手な女だった」と言っているような気になった）とウィスコンシンでただ一度経験しただけだった。彼女の叔母に会うためにそこへ行ったのだ。木々の天辺は葉がまばらになって、動きを差し止められた火のようだった。アパートの戸口で、叔母に当たる女は「で、こちらがあなたの素敵な旦那様？」と言った。それは、彼が鏡の前で髪を直す時によく思い出すことだった。しかし、それも、叔母は単にアメリカ式に愛想よくしただけのことだと彼にはわかってもいた。偽善すれすれの例のお愛想。

彼は少年との会話で「ディスコ」という言葉を遣った。「ディスコへはよく行くの？」その言葉を最後に聞いたのはどれくらい前だったろう。彼は不意に、母親のことが心に浮かんだ。「近頃の子供ときたら、男の子と女の子が手を握り合ったり、あっちこっち触り合ったり、人が見てるのに。あんたはそんなんじゃないでしょうね、ロバート？　どうなの？　夜遅くに出て行ったり帰って来たり、ビールに賭け事にディスコ」とよく小言を言ったものだった。自分が今あとにしたのはディスコではない、クラブだ、とロバートは自らに言い聞かせた。クラブで遊んだのだ。ディスコは『サタデー・ナイト・フィーバー』のジョン・トラヴォルタの世界、裾広がりのズボンとぎらぎらの化粧と悲しみの世界だ。ディスコへは野球帽を被って行ったりしない。ディスコでは両手は空いている。どうしてその言葉を遣ったのだろう。ロバートは自分の舌が吐き出せぬ化石のように感じられた。車内の死んだような静けさの中で、といっても、ラジオが切られていてDJとも同じ放送を聞いている何千の人々とも繋がっているという幻想が壊されてしまっているから死んだみたいに静まり返っているだけのことだが、ロバートはうちに電話した。

受話器を取るのがご亭主だったらすぐに切らなければならないとロバートは自分に言い聞かせた。嫉妬——その能力がないことはわかっていた——からではなく恥の意識からだった。彼の妻（かつて妻だった女、と彼は自分に言い聞かせ続けた）の新しい男は当然知っているだろう。彼の（この「彼」はロバートのことではない）奥さんと話したいと手短に頼んだら、相手は受話器を置いて、「すごくやさしい声！　ほとんど女みたいだ！　よくあんな人と結婚したね。あそこの手術でもしてもらったのかい？　ほんとに高い声だ」と言うだろうとロバートは想像した。かつて妻だった女（やっとこの言葉に慣れてきた）はこういう場合彼のことを弁護してくれるだろうか、それとも新しい夫に対してにっこりするだろうか。犠牲者が自分の救い主に見せるあの疲れた敗北者の微笑み、隈のできた目に表れる感謝に満ちた愛の光だ。

電話のベルが十五回鳴って、ロバートは今午前二時であることに気がついた。一体何をしているのだ、そんな時間に人に電話を掛けて。切ろうとした時、カチっと音がして女の声が聞こえた。

「もしもし?」その声が言った。

「ウェンディ?」ロバートは尋ねた。

「いえ」

「ウェンディかい?」

「いいえ、奥様、休んでらっしゃいます」

メイドだった。しかしロバートはまだ電話を切らずに、声の調子をもっと優しいものに変えた。

「メイドさん?」

「そうです」

「みなさんもう寝てらっしゃる?」

「はい、みなさん」

「僕は寝てない」ロバートはその女に言った。「まだ起きてる。眠れないんだ。話をしてもいいかな？」

「どなた？」

「ロバートって言うんだ」

自分の名前を言うのは今晩二回目だということにロバートは気がついた。疲労を感じた。

「ロバートさん」

「そう。以前そこに住んでたんだ。そこで誰か僕の名前を出したことある？」

「さあ」

「なぜまだ起きてるの？」

「アイロン掛け」

「こんなに夜遅く？」

「はい」

「そこ、働きやすい？」

「はい」

「よくしてもらってる?」

「はい」

「彼女、料理にうるさいんじゃない? 料理教えてくれた?」

「スパゲッティを」

「ああ、そうそう、彼女それを作るのが好きだった。自分でソースを作ってた。そうでしょ? 瓶に入ったのを使ったりしなかった。ね、いつか僕の所へ来て作ってくれない? スパゲッティでも? どう?」

「わかりません」

「じゃ、何がわかってるの? 僕はなんで君に喋ってるんだろ?」ロバートは受話器に向かって大声を出し始めた。「なんでまだ仕事してるの? よくしてもらってる? 僕がまだその家にいたら、こんな時間に君を働かせたりしないよ。何様なんだ、二人とも。僕に戻ってきて下さいって言ってもいいんだよ。彼女は彼と寝てるの?」

ロバートは続けようとしたが、向こうの受話器が置かれる音が聞こえ、話し中を知らせる鈍い音が続いた。ロバートは自動車電話の受話器をゆっくりと元に戻した。彼はもう一度バックミラーを見た。帽子を取った。薄明かりの中で色ははっきりしないが、〈23〉の文字があった。またうちに電話を掛けてメイドと話したくなった。大声を出してすまなかったと言いたかった。

ロバートは帽子を被り直して、帰ることにした。二度と来ないつもりだった。彼は自分の手のスタンプが押された側を見た。スタンプの痕を擦り、それに唾を吐き掛けた。ごしごし擦った。それから自分の皮膚がどんな味か興味があるみたいにその痕を舐めた。しょっぱくて、濡れた産毛を感じた。それからエンジンをかけて、駐車場を滑り出た。二度と来るつもりはなかった。どんなに自分がかっこよく素敵に見えたとしてもだ。ウィスコンシンの妻の叔母に電話をして、何であれ彼女のしていることの手を止めさせて、「本気だったんですか？　僕が素敵だと言ったのは、本気だったんですか？」と訊いてみようかと思った。しかし、もう彼女の電話番号を持っていないことがわかっていたから、それは止めにした。

アパートに帰ったのは午前三時だった。ドアを開けると、彼を迎えた淀んだ暗闇に向かって溜め息をついた。ロバートは真っ直ぐ寝室に行ってベッドに横になった。ラジオをつけた。FM95で「ラブ・ライン」をやっていた。女性DJが女の人に彼女の一番ロマンチックな経験について尋ねていた。相手の女の人は、水疱瘡に罹った時それまで台所に入ったことのなかった夫が食事を作ってくれたと話していた。彼は怖がらずに彼女に触った。それればかりか彼女が居間で眠り込んでしまうと抱えて寝室へ運んでくれた。そんなふうに夜は更けていった。リスナーは嬉しそうに笑い、ＤＪは「スゴーイ」と言って作りものの笑い声で間を繋ぎ、そのスポンジを付けたマイクにかかると、あらゆる欺瞞は吸収されて、あの滑らかな声だけが通っていくのだ。

ふとロバートは、ある少年がラジオ局に電話を掛けて無くした野球帽のことを話すところを想った。そしてフィリピン女性が他人の衣類にアイロンを掛けるわびしさを語るところを想像した。そしてそれからいろいろな声が聞こえてきたが、みんな彼が決して会うことのない人たち、恋の歌、恋狂いの歌、失恋の歌の間を埋めるためだけの人たちだ。やがて彼は自分が聴いているのはどの局だろう、何を言ってるのだろうと思い始め、次第に瞼が重くなって、水平線の彼方へ引いてゆく波の音のように、ラジオの声は消えてしまった。彼は夕方も遅いある海辺に引き戻された。空は深い藍色をして、沈む太陽の眩しさに目を覆わなければならなかった。一人の女が、砂の上をのろのろと裸足で肘についた砂を払い落としながら近づいて来た。ロバートに向かって彼女は微笑んだ。

「今、カニを一匹見たわ」と彼女は言った。

「じゃ、どうして捕まえなかったんだい？」彼は彼女に尋ねた。

「捕まえたかったんだけど、波が来てさらっていってしまったわ」女は悲しげに海を見て、下唇を突き出した。

「もう戻りたい？　暗くなってきた」

「もう少しいられない？」

「そうしたいなら」ロバートが遠くに目を凝らすと、インド系の女が震えている幼い息子をタオルで拭いているのが見えた。

「太陽が海の中に姿を消すのが見たいの」女が言った。

「大した夕日じゃないよ。一番いいのは他の場所のだ、ハワイとか」

「ハワイへ行ったことあるの？」

「一度、小さい時」

「この夕日でいいわ」女は言った。「ロバート、私たちいつかハワイへ行けると思う？」

「遊びに？」

「もしかして新婚旅行に」

ロバートはまさかと息を呑んだ。「冗談だろ？　新婚旅行？」彼は笑い出した。

「何がそんなにおかしいの」女は訊いた。「私たち付き合ってもう何年？　五年？」

「だから結婚するべきってわけ？」ロバートは空《そら》笑いした。

「そんな気にならない？」

「本気で考えたことがないから」

女は不意にロバートの目を覗き込んだ。

「ロバート、これ、今まで言ったことなかったけど」

ロバートは彼女の後方をちらと盗み見てから、仕方なく彼女の顔に視線を戻した。「何？」

「その野球帽やめた方がいいわ」

「どうして？」

「それ被らない方が好きよ」

「これを被る理由知ってるだろ。血筋なんだ。僕の親父、会っただろ？　まだ五十三なのに髪の毛が無くなってしまってる」

「取りなさい」

「おい、よせよ」

女は手を伸ばしてロバートの帽子の縁に触った。彼女はゆっくりとそれを彼の頭から取ると、電光石火それを遠くに投げた。

「おい！」ロバートは叫んだ。

帽子は海に落ちた。ロバートはよろめきながら後を追おうとしたが、女はしっかりと彼の肩を押さえた。

「ロバート」と彼女は言った。

「なんであんなことしたんだ？」

「帽子なしの方がいいからよ、ロバート」

「嫌だよ。老けて見える」

「みんないつかは老いてゆくのよ。誰かと一緒に老いてゆく方がいいんじゃない？」

「わかってないよ。君は僕のことをわかってない。今僕は色んなことを抱えているんだ」

「何も言わないで、ロバート。ただ私の手を握って。何も考えないで」

ロバートは言われるようにした。女の手を取って優しく握り締めた。女はロバートの方に顔を向けてキスした。唇が柔らかかった。ロバートは目を閉じたが、彼女の目は開いていて彼の表情を読み取ろうとしているのを知っていた。なんでラジオを付けっ放しで野球帽を胸に握り締めて寝てるんだ、というワン・トゥンの声に驚いて目を覚ますことになることを、彼は知らない。その時ロバートは初めて会ったみたいに不思議そうにワン・トゥンを見て、胸の上にずしりと重い帽子を、まるでその下にある何かが怖いみたいに、どけようとはしないのだ。

訳者あとがき

本書原典のメイン・タイトルとなっている〈廊下〉という語は、五番目に収録の短編「廊下」を採ったものである。そのことに何が読み取れるだろうか。〈廊下〉は原題では〈corridor〉だ。〈廊下〉と聞けば、私たち日本人は公共的建物や個人住宅の屋内の通路を思い浮かべる。しかしシンガポールでは、住宅開発局〔Housing and Development Board　略称ＨＤＢ〕の高層アパートの共用廊下がまずイメージされるはずだ。実際、「廊下」の中で一度だけだが「共用廊下〈common corridor〉」と明記されているし、初版の表紙では、一人の青年の背後にＨＤＢアパートの写った写真が紙面の三分の一近くを占めている。さらに、他の作品でもこの語は使われており、またＨＤＢアパートへの言及もある。この日常的な意味に加えて、〈corridor〉には回廊地帯――ある一国から別の国や海へと通り抜ける狭い土地――という地政学的な意味もある。一八一九年にスタムフォード・ラッフルズがここにイギリスの貿易戦略の拠点を築いて以来、中継貿易港として栄え東西通商の〈十字路〉と呼ばれて、ヒト、モノ、カネが通り過ぎて行ったのであるから、この〈corridor〉はシンガポールそのものをもイメージさせる。日常的・建築学的意味にせよ、非日常的・地政学的意味にせよ、〈廊下〉はどこかへ行くための〈通路〉、通過地点だ。通り過ぎてゆく場所としてのシンガポールに生きて通り過ぎられて行く者の気持ちを、この国がまだ開発途上にあった一九六〇年代後半に書かれたアーサー・ヤップの詩「通りすがりに」が表している。

きのう君はクアラにいて、おとといは
どこか別のところにいた、今はここにいて
この国の電話や冷房装置を試してみては
君の住むニューヨークのものより
よくできていると言う。だが君は
駆けることに疲れ、駆けなかった僕たちは
君を車で海辺のレストランへ連れて行き
〔中略〕
壁画とコーヒーのある空港で
話しまくっている間も、立派な建物や

海岸風景のモザイク壁画について
あるいはたとえば冷房装置についてでも
何かひと言君が言ってくれるのを僕たちは待っていた。

でも　君は鞄の中に手を突っ込んでセーターを捜していたのだ。

元々「一旗揚げて故郷に錦を」と中国やインドや周辺のマレー世界から人々が移り住んで出来上がったこの〈corridor〉的多民族社会は、イギリスから独立し、更にマレーシアからも分離して、一九六五年に独立国家となり、通り過ぎる場所ではなく留まるべき場所となった。この地を仮の居住地と考える傾向のある人々にシンガポール国民としての自覚を促し、経済発展と国家防衛とを実現することが急務になった。このため政府は、勿論生活環境改善のためもあってだが、公営住宅建設に力を入れ、持ち家制度を進めた。第一代首相リー・クアン・ユー曰く「自分がシンガポールのなにがしかを所有していなければ、誰だってシンガポールのために戦い、シンガポールを護ろうという気になりはしない」（一九八一年十二月十四日付『ストレーツ・タイムズ』）。現在では、国民の八割以上がＨＤＢアパートに住んでおり、シンガポールの〈ハートランド〈heartland＝中核地域、心臓地帯〉〉である。そこに住まう人々は〈ハートランダー〉と称されるが、この語は、一九九九年の独立記念日大会で時の首相ゴー・チョク・トンが用いて以来、特別な意味を持つようになった。それは、白っぽいニュータウンのHDBアパートに住み、ブルーカラーないしは低賃金のホワイトカラー職に就き、独特のシンガポール訛りの英語を話す人たちのことを指す。まさしくこの短編集における主人公たちである。加えて、〈ハートランド〉は身体のみならず心の住まうところ、心を留めるところ、ととらえることができよう。そういうHDBアパートの〈廊下〉はシンガポールの縮小版といえ、そこもまた、単にどこかへ行くために通り過ぎるための実用一点張りの場所ではなく、住人が心を通わせ合うコミュニティのハートランド——ハートランド中のハートランド——でなければならないはずだ。〈廊下〉という語がこの短編集全体のタイトルとして使われていることには、こんなことを読み取ることができよう。

そもそもの始まりから多様な民族、文化、宗教、言語が交錯し、さらに建国以来その物理的および心的風景が激変し続けたシンガポールにあって、人々は自らのアイデンティティ（自分は何者なのか）を問うことを余儀なくされてきた。この問題は、外部の私たちからすると、「シンガポール人って誰のことをいうの？」「どんな人たち？」「何を目指しているの？」などという質問に置き換えられる。最近、シンガポール人のアイデンティティの問題は外部の者にとって一層見えにくくなっている。というのは一九九〇年代以降、政府は地球規模の更なる発展を目指して外国人——知的専門職に従事する者は移民として、単純労働に従事する者は滞在期限付きで——を積極的に受け入れており、約五百万の人口の三割以上が外国人であるからだ。この情況の中で、本書に収められた短編は、ハートランドの真っ只中に生きる普通のシンガポーリアンの姿を私たちに垣間見させてくれる。

建国の過程で、アイデンティティの問題は当然にも芸術作品の中で追究されてきたし、効率・実用主義・経済発展至上主義の政府も、国民意識の醸成のために、賞の創設、財政的援助、芸術家育成プログラムなどを通して、芸術活動をそれなりに奨励してきた。シンガポールが豊かになり、表現の自由などに関して以前よりは寛容になって、いま芸術活動は大層盛んである。が、一方、芸術活動に商業的価値を見出した体制側がそれを取り込もうとする傾向も見られる。

次に、シンガポール英語文学のおおまかな流れを見ておきたい。まず、シンガポール英語文学とは、英語を事実上の国語――憲法上の国語はマレー語――とするシンガポールにおいて、英語を唯一のあるいは第一の文学的表現手段とする人たちによって創られている文学をいう。それは一九四〇年代後半にマラヤ大学（現シンガポール国立大学）の学生たちによって書かれた詩に始まる。八〇年代あたりまでは、英語も英語文学も一部エリートのもので、かつもともと異邦の言語である英語は足枷ともいえた。しかし、現在の情況は全く違っている。一九八七年以降英語は学校教育における主たる教授手段となって、どの民族集団にも浸透した。母語との繋がりが強固だったマレー系国民の中にも、母語を十分に使えず英語を共通語とする者が増えてきているほどだ。出版についても、かつては旧宗主国系の出版社が中心だったが、現在では地元の出版社が、詩やフィクションや戯曲を次々と出している。

書き手たちは、独立前後の困難な時代を知っている者と、繁栄の時代に生まれ育った者とに便宜的に分けることができる。前者は概して、書くことによって国家建設に積極的に参加し、必ずしも友好的ではない周辺諸国の包囲攻撃に晒されていると自らをとらえるこの国が、リー・クアン・ユー率いる人民行動党により幾多の困難を乗り越えて発展を遂げつつある、という「シンガポールの大いなる成功物語」を謳うことが多い。但し、勿論、その物語に懐疑的な姿勢の者がいることを付け加えておく。それに対して、後者の中には、成功物語に対する懐疑から一歩も二歩も進んで、それをはっきりと批判し、違った国の在り方、人間の幸福のヴィジョンを模索し呈示しようとする者が出てきている。

フィクションにおいては、前述のことと関連しているのだが、政治や歴史の問題を議論するといった風の問題小説で、社会学的興味に訴えるものが目立つ。その目的は背景描写、人物造形、問題分析を最小限に効率よく行うことによって達成される。つまり、語り急がれるわけで、それはもしかすると言語の（足枷の）問題と関係があるかもしれないが、とにかく、テクストの快楽、フィクションの醍醐味をあまり求めることはできない。乱暴な言い方をするなら、「一度読めば十分」ということである。

ところが、フィクションを読む愉しみを味わわせてくれるのが、このアルフィアン・サアットの短編だ。アルフィアンは一九七七年に生まれ、校区小学校から、シンガポール随一の名門中等学校ラッフルズ校、更にラッフルズ・ジュニア・カレッジへと進み、シンガポール国立大学医学部へ入学したが卒業はしなかった。学生時代から演劇活動を行っていた。この短編集の他に、詩集を二冊 *One Fierce Hour* (1998)、*A History of Amnesia* (2001)、戯曲を三冊 *Alfian Sa'at Collected Plays One* (*The Optic Trilogy, Fugitives, Homesick, sex.violence. blood. gore* 収録、2010)、*Alfian Sa'at Collected Plays Two* : *The Asian Boys Trilogy* (*Dreamplay, Landmarks, Happy Endings* 収録、2010)、*Cooling-Off Day* (2012)、短編集 *Malay Sketches* (2012) などを上梓しており、シンガポール文学賞推奨賞などを受賞している。

英語文学作品の書き手は従来中国系かインド系でなければユーラシアン系であり、マレー系イスラム教徒であって英語で書くのはアルフィアンが初めてといってよい。

アルフィアンの詩、戯曲、短編を通じて一貫して認められる主題は「大いなる成功物語」に代わる物語・ヴィジョンの模索である。この主題が、詩と戯曲においては、生の形で直截的に呈示されており、とりわけ戯曲では、登場人物が作者の代弁者に過ぎない平面的な造形になっている傾向がある。その結果、作品はメッセージ性の強いものとなり、また主題およびその呈示の仕方が前衛的かつ挑発的であるため、アルフィアンは「恐るべき子供」と評されたこともある。

短編作品においてはしかし、アルフィアンは同じ主題を扱いながら、その呈示の仕方は全く違っている。短編が描くのは、普通の小さな人々で、作者と同じ民族であるマレー系もそうでない中国系、インド系も同じ目配りで扱っている。ここでもう一つの物語・ヴィジョンにもう少し踏み込むなら、それはいろいろな意味で――経済的に、教育的に、社会的に、性的志向においてなど――マイノリティのあるいは周縁的な位置に置かれ、HDBというハートランドに暮らしながらシンガポールというハートランドにどこか居心地の悪さを感じている人々を描いているといえる。そういう周縁的存在に対するアルフィアンの共感の命の源はマレー語の〈サヤン＝sayang〉という言葉でとらえることができる。この語をマレー・英語辞書で引くと〈後悔〉〈憐れみ〉〈悲しみ〉〈切望〉〈愛〉といった意味の英語が出てくる。昨年、著者と話をする機会があった折、〈サヤン〉の日本語訳としては〈切ない〉が最もふさわしいように思うと筆者が言ったところ、彼はその日本語を書いて欲しいと小ぶりのノートを差し出したのだった。そして〈サヤン〉の一番よい定義はゴーパル・バラタム（インド系作家、一九三五―二〇〇二）の『サヤン』に見い出せる、と付け加えた。そこで筆者はその小説を読み返した。それは、主人公が身をもって〈サヤン〉の意味を追求する寓意的小説で、その中でこの語は〈憐れみ〉〈愛〉〈欲望〉などと言い換えられているが、終局において、それはこの世の存在が限りあり不完全であるがゆえに憐れみと不可分である愛のことだと、語り手の主人公は思い至ることになっており、作者はそれを具現するものとしてキリストを暗示している。アルフィアンを創作へと突き動かすもの、それはシンガポールに対する〈サヤン〉、切ない想いだと筆者は考える。理想と切望にはそれが実現されない、成就されない、報われないことからくる憤り、痛み、苦い想いが当然伴うだろう。おそらくそういう満たされぬ想いがアルフィアンをしてストレートに現状告発的、挑発的な作品を書かせ、他方、報われぬ人々への共感がこの短編集のような作品を書かせているに違いない。短編作品においては、アルフィアンは語り急がず、変幻自在に様々な登場人物となって、人間を活き活きと描出している。そのことは、第一に、彼が五感を開いて厳しくも慈しみに満ちた姿勢で他者——自然を含めて——を受容していることを、第二に、彼がそれを言葉で表現する愉しみを知っていることを示している。そして私たち読者は、他者たる作中人物に共感し、そのことを愉しむのだ。

最近観光旅行でシンガポールを訪れ大いに楽しんできた大学事務職員の女性が言ったことには、「どこも観光客で溢れていて、シンガポール人ってどこにいるんですか?」。アルフィアンのこの短編集を通して、読者の皆さんに、自分たちと同じ様に悲しみ、喜ぶ人間を知るというフィクションの醍醐味を味わうと共に、その結果としてシンガポールの人々と社会とについて何がしか知って戴くことができれば幸いである。

マレー系社会についてご教示下さった大阪学院大学国際学部教授瀬川真平さん、および三十年以上アジアの文学作品を出版してこられ、この短編集の出版を引き受けて下さり、この翻訳をより良いものにして世に送り出したいとの熱意を持って、内容および文章に関して行き届いた助言を下さった段々社の坂井正子さんに、心からの感謝を申し述べたい。

幸節みゆき

二〇一四年　九月

訳者略歴

幸節みゆき（こうせつ みゆき）

大阪学院大学国際学部教授。本名 長岡みゆき。研究分野はシンガポール英語文学および英米詩。前者の主な訳書として『異邦のことばで――シンガポール・マレーシア英語詩選』『シンガポール短編集（I・II）』『シンガポーリアン・シンガポール――キャサリン・リム短編集』『いとしい人たち――ゴーパル・バラタム短編集』など。

〈アジア文学館〉シリーズ

サヤン、シンガポール
アルフィアン短編集

2015年2月20日　第1刷

著　者　アルフィアン・サアット
訳　者　幸節みゆき
発行者　坂井正子
発行所　株式会社　段々社
〒179-0075　東京都練馬区高松4－5－4
電話　03（3999）6209
振替　00110-3-111662
http://www.interq.or.jp/sun/yma
発売所　株式会社　星雲社
〒112-0012　東京都文京区大塚3－21－10
電話　03（3947）1021
印刷・製本　モリモト印刷株式会社

＊定価はカバーに表示してあります。
Printed in Japan
ISBN978-4-434-20110-3　C0397

現代アジアの女性作家秀作シリーズ

サーラピーの咲く季節
スワンニー・スコンター
吉岡峯子訳

タイのSEATO文学賞作家の自伝的エッセイ。少女と村人、動物との心温まる交流記。
日本図書館協会選定　本体1800円

エリサ出発
Nh・ディニ
舟知恵訳

インドネシアの社会派ロマン。独立直後の社会で愛と国籍に揺れる混血女性エリサの青春。
全国学校図書館協議会選定　本体1500円

シンガポーリアン・シンガポール
キャサリン・リム
幸節みゆき訳

シンガポールの傑作短編集。夫婦、嫁姑、ホモ…急速に近代化する社会の人間模様を描く。
日本図書館協会選定　本体1500円

スロジャの花はまだ池に
アディバ・アミン
松田まゆみ訳

マレーシアの青春小説。西洋流の教育を受けたアンナの生きる道は？　自伝小説を併載。
日本図書館協会選定　本体1700円

二十世紀：ある小路にて
◉ネパール女性作家選
S・サーカル他編
三枝礼子／寺田鎮子訳

ネパールの19人19短編。裏町に生きる住人たちを活写し現代社会の病巣を衝く表題作など。
日本図書館協会選定　本体1600円

12のルビー
◉ビルマ女性作家選
マウン・ターヤ編
土橋泰子／南田みどり／堀田桂子訳

ミャンマーの12人12短編。孫を役人に育て上げる物売りの祖母など庶民の夢と現実を描く。日本図書館協会選定／全国学校図書館協議会選定　本体1845円

レイナ川の家
リワイワイ・アルセオ
寺見元恵訳

フィリピンの中産階級一家と高利貸しの老婆の土地騒動のドラマ。腐敗社会を衝く傑作。
日本図書館協会選定　本体1650円

アジア文学館

いとしい人たち
◉ゴーパル・バラタム短編集

ゴーパル・バラタム
幸節みゆき訳

シンガポールのインド系作家による短編集。幻想的な作品「生きている記憶」など全10編。「インド的夢幻と近代性の融合」——日野啓三
日本図書館協会選定　本体1942円

ヨム河

ニコム・ラーヤワー
飯島明子訳

タイの河と森を舞台に家族と一頭の象を愛する象使いの男を描く東南アジア文学賞受賞作。「この河は、やはり美しい」——津島佑子
日本図書館協会選定　本体2100円

夜のゲーム

オ・ジョンヒ
波田野節子訳

韓国で最高の文学賞〈李箱《イサン》文学賞〉の短編。夜ごと花札ゲームをくり返す老いた父と私。映画原作。他に中編収録。「透明なファンタジーが潜む」——中沢けい　本体1700円

サストロダルソノ家の人々
◉ジャワ人家族三代の物語

ウマル・カヤム
後藤乾一／姫本由美子／工藤尚子訳

インドネシアの国民的作家の長編。激動の20世紀、家族の力を信じ誇り高く生きる〈エリート〉一族の歩み。「ジャワ社会や歴史がわかる優れた文学」——早瀬晋三　本体2900円

サヤン、シンガポール
◉アルフィアン短編集

アルフィアン・サアット
幸節みゆき訳

シンガポールのマレー系作家による短編集。〝繁栄の国〟で成功とは無縁にひっそりと不器用に生きる名もなき人々——もうひとつのシンガポールを描く12編　本体1900円

以下続刊